RAINBOW
~ NISHA ROKUBOU NO SHICHININ~ 3

by George ABE, Masasumi KAKIZAKI

Original Japanese edition published in 2003
by Shogakukan Inc., Tokyo
French translation rights arranged
with Shogakukan Inc.
through The Kashima Agency

French edition in 2010
by KAZÉ

Adresse : 18-20, rue Ramus 75020 Paris
Site internet : www.kaze-manga.fr

Supervision éditoriale : Raphaël Pennes

Traduction & Adaptation : Miwako & Laurent Berg
Correction : Josselin Moneyron

Supervision graphique : Clémence Perrot
Design : din

Achevé d'imprimer en France en février 2010
sur les presses de l'imprimerie Hérissey (groupe CPI) à Évreux.

Dépôt légal : Février 2010

Collection Seinen

Dorothéa, Le châtiment des sorcières
de Cuvie

Collection Seinen

Overman King Gainer
de Tomino YOSHIZUKI

Collection Seinen

Drug-On
de Misaki SAITO

Collection Seinen

Bokurano, notre enjeu
de Mohiro KITOH

KAZÉ
SHŌNEN

INITIAL D

Shuichi Shigeno

SÉRIE EN COURS

KAZÉ SHÔNEN

Hokuto no Ken

Buronson & Tetsuo Hara

SÉRIE EN COURS

KAZÉ SHŌNEN

NABARI

Yuhki Kamatani

SÉRIE EN COURS

KAZÉ
SHÔNEN

ZOMBIE-LOAN

PEACH-PIT

SÉRIE EN COURS

KAZÉ
SHÔNEN UP!

Embalming

- Une autre histoire de Frankenstein -

Nobuhiro Watsuki

SÉRIE EN COURS

KAZÉ SHÔNEN UP!

Black Lagoon

Rei Hiroe

SÉRIE EN COURS

World Embryo

Daisuke Moriyama

SÉRIE EN COURS

KAZÉ SEINEN

IKIGAMI

- Préavis de mort -

Motorô Mase

SÉRIE EN COURS

KAZÉ
SEINEN

Guin Saga

Kurimoto Kaoru & Sawada Hajime

SÉRIE EN COURS

Setsuko

Je l'adore !! Vous trouvez pas qu'elle est géniale, cette douce et gentille infirmière ? Bon, c'est vrai, il faut dire que ma mère est aussi infirmière... (Ne t'énerve pas, maman.) Il n'y a quand même pas beaucoup de personnages féminins dans cette série, faudrait voir à en ajouter, allez, s'il vous plaît m'sieur Kakizaki... Ah, oui, je ne me suis pas encore présenté. Je suis Kobayashi. J'ai intégré l'équipe au mois de juillet. J'ai un peu d'expérience en tant qu'assistant, mais cela reste mon premier vrai boulot. Je m'excuse humblement pour les problèmes que j'ai pu causer !
Je ferai de mon mieux, à l'avenir.
Sinon, faites attention, le rhume court, en ce moment, au travail. Faites attention aussi de votre côté, chers lecteurs. Enfin, ma mère m'énerve à toujours me demander de sortir ses chats. Tu vois, maman, j'ai dessiné et parlé de tes chats !

Panda. 11 ans. Femelle. Ne fait que dormir toute la journée.

Kuma. 1 ans. Mâle. Chat noir.

Bon, c'est fini !

Les sept héros de Rainbow sont cachés dans cette page. Trouvez-les.
Rainbow
267
CLOUDY
THIS BUD's FOR YOU
FIVE Star
J'ai oublié mon maillot de bain.
© MASATO DEGUCHI x

Bonjour tout le monde. C'est Yuki Ishikawa qui vous parle. Cela fait quelques mois que je travaille comme assistant pour M. Kakizaki. Je le remercie pour tous les efforts qu'il fait pour moi. À chaque fois que M. Kakizaki, grand fan de heavy-metal devant l'éternel, me fait profiter de son admirable conduite, j'en ressors traumatisée. Chaque jour, j'ai peur que l'on ait un accident mortel. Merci d'avoir lu ce tome de *Rainbow*.

♥

Merci d'avoir acheté ce troisième volume de *Rainbow*. L'autre jour, le responsable d'édition m'a dit :
"Vous l'appréciez vous, ce docteur Sasaki ?
Moi : "..."
Et mes assistants m'ont dit :
"M'sieur Kakizaki, on a l'impression que vous vous éclatez à dessiner ce personnage du Docteur Sasaki."
Moi : "..."
Bon, aurjourd'hui, le temps est au beau fixe. Je ferai encore de mon mieux demain.

Masasumi Kakizaki

	Titre du chapitre (et de la chanson)	Nom du groupe
CRIME 21	Until We Rise Again	Edguy
CRIME 22	Vertigo	Rage
CRIME 23	World Of Pain	Rage
CRIME 24	X Offender	Blondie
CRIME 25	Your Turn Is Over	Gamma Ray
CRIME 26	Zaephyr Skie's Theme	Luca Turilli
CRIME 27	A Million To One	Helloween
CRIME 28	Black Sheep	Sonata Arctica
CRIME 29	Cry For Freedom	Grave Digger
CRIME 30	Dead Or Alive	Pretty Maids
CRIME 31	Enemy Within	Arch Enemy

STAFF

DEGUCHI MASATO
ISHIKAWA YUKI
KOBAYASHI YUI

THANKS
KUMAGAI HAITO

Il y a 48 ans, les six détenus de la cellule 6 du quartier 2 de la maison de redressement de Shônan décidèrent de faire sortir de force leur ami Anchan. "Ce n'est pas un détenu évadé, mais un détenu libéré" avait dit Mario avec un sérieux inébranlable, dans les ténèbres de la cellule. S'ils avaient été heureux, c'était grâce aux paroles d'Anchan. Ils savaient que cela allait être difficile mais que s'ils ne faisaient rien, ils allaient le regretter toute leur vie. Baremoto, Heitai et Kyabetsu s'étaient tous les trois sacrifiés de façon héroïque. Il était certain que Dieu avait déserté cette maison de redressement. Et c'est, armés seulement de tout leur courage et de leur amour que les six jeunes allaient devoir frapper pour permettre à Anchan d'être libre. En cette époque impitoyable, la seule façon qu'avaient ces jeunes d'accéder au bonheur était de s'accrocher à la vie et de ne compter que sur leur courage. Aidé du jeune Kakizaki, je continue à écrire cette histoire.

GEORGE ABE

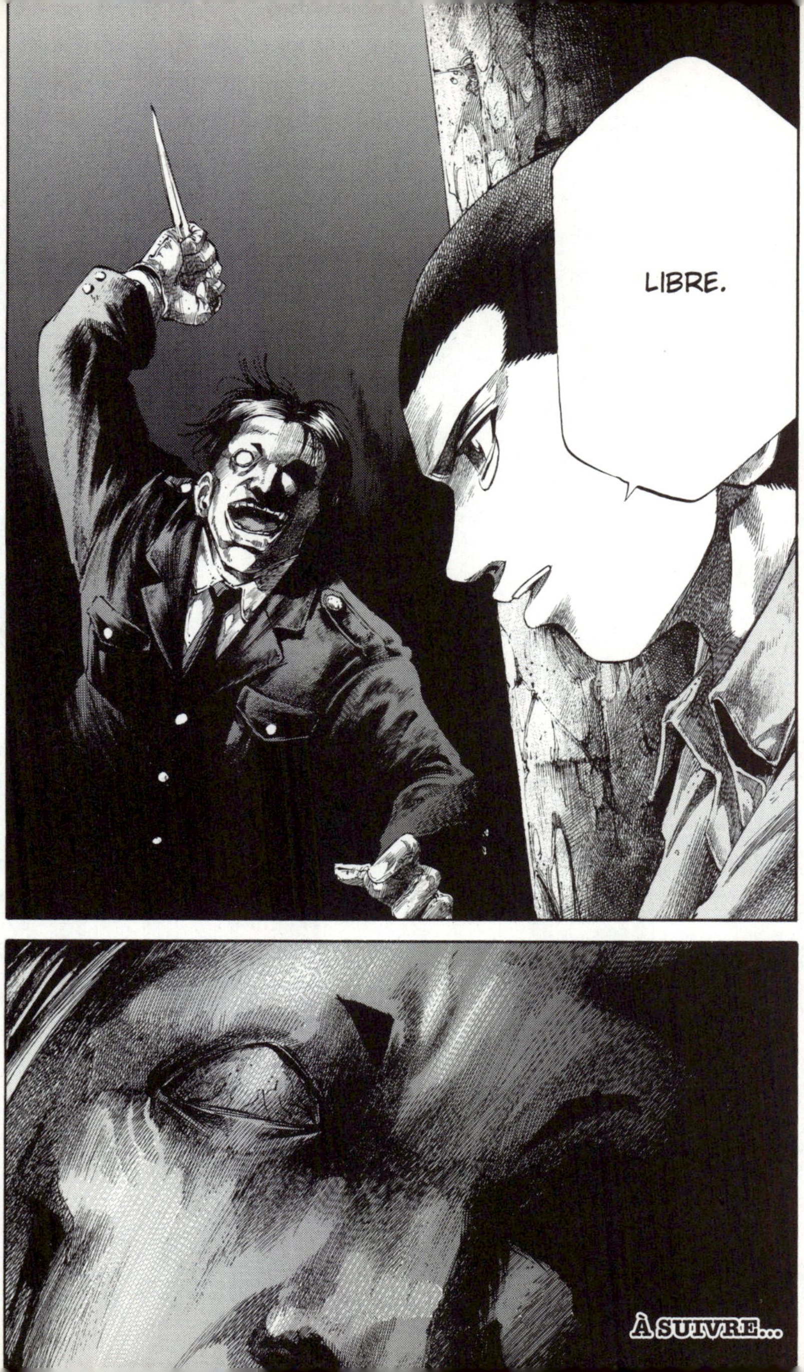
LIBRE.
À SUIVRE...

ÇA FAIT PAS DU BIEN...
DE RESPIRER L'AIR DE L'EXTÉRIEUR ?
MAIN-TENANT, ANCHAN EST SAUVÉ...
HMF HMF
N'EST-CE PAS MARIO ?
OUI...
ANCHAN EST...

2 H 55

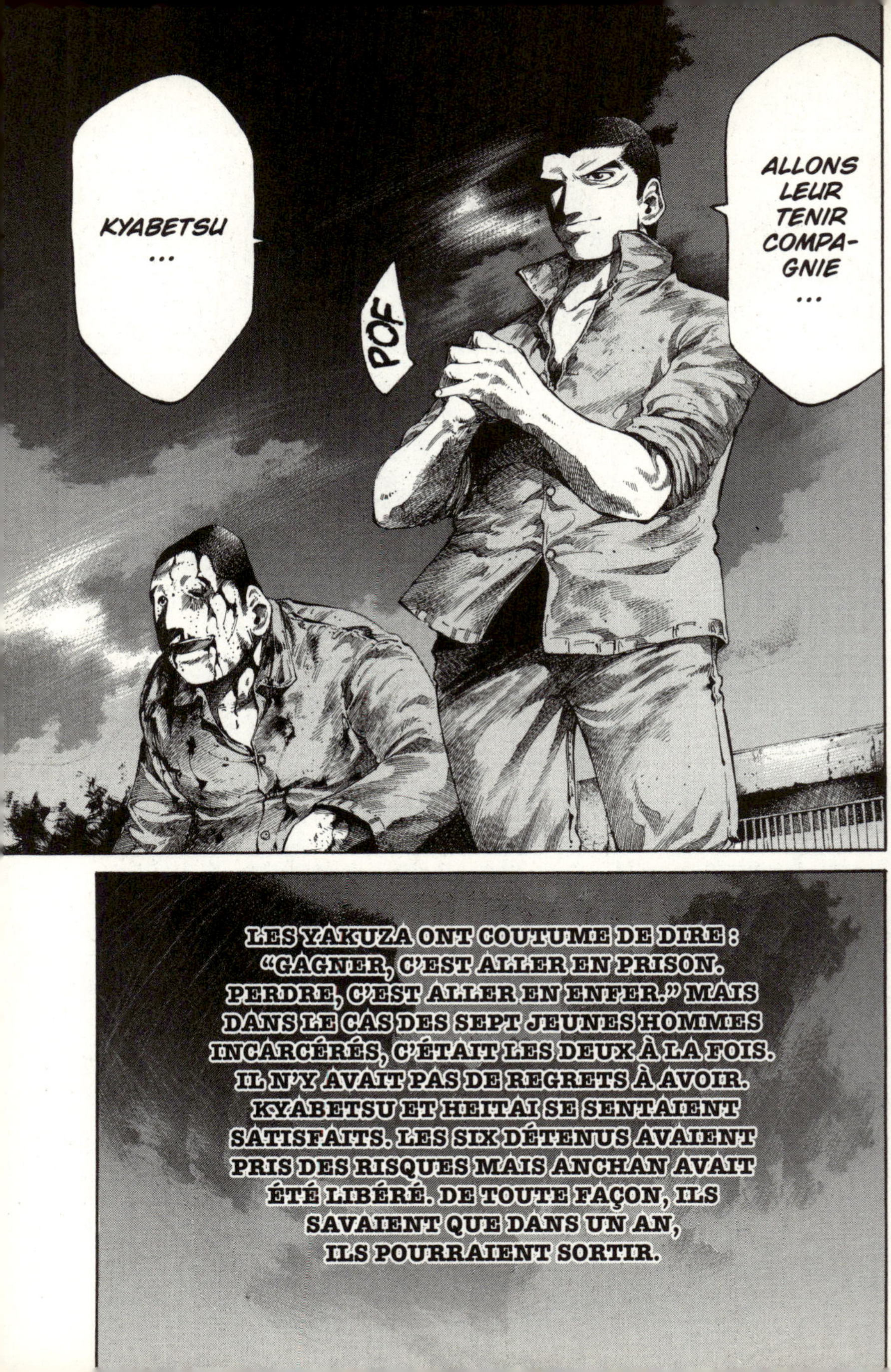
ALLONS LEUR TENIR COMPAGNIE...
POF
KYABETSU...
LES YAKUZA ONT COUTUME DE DIRE : "GAGNER, C'EST ALLER EN PRISON. PERDRE, C'EST ALLER EN ENFER." MAIS DANS LE CAS DES SEPT JEUNES HOMMES INCARCÉRÉS, C'ÉTAIT LES DEUX À LA FOIS. IL N'Y AVAIT PAS DE REGRETS À AVOIR. KYABETSU ET HEITAI SE SENTAIENT SATISFAITS. LES SIX DÉTENUS AVAIENT PRIS DES RISQUES MAIS ANCHAN AVAIT ÉTÉ LIBÉRÉ. DE TOUTE FAÇON, ILS SAVAIENT QUE DANS UN AN, ILS POURRAIENT SORTIR.

PAAF
BLAM
HEITAI …
SANS TOI, COMMENT VOULAIS-TU QUE JE M'ENTRAÎNE ?!
PETITS CONS !
TSCH

DANS UN AN... KYABETSU ET MOI...
ON SE RENDRA LÀ OÙ VOUS SAVEZ...
HE...
HEITAI...
GRIP
LAISSE-NOUS !
LÂCHE-NOUS !!
TU VAS ...
ARRÊTER, OUI ?!

CLING
?!
CRING
J'AI CASSÉ LA CLÉ. LES GARDIENS NE POURRONT PLUS VOUS POURSUIVRE PAR LÀ.
HEITAI ...
TAP
ALLEZ-Y.

MÊME SI JE DOIS MOURIR, VOUS NE PASSEREZ PAS !
CLING
ÇA Y EST.
SORTONS EN VITESSE ! JE M'OCCUPE D'ANCHAN !
ALLONS-Y !
ON SORT TOUS, TOI AUSSI HEITAI !

PAAF
BLAM
SALE VOYOU !
PAF
MÊME SI...
JE DOIS ...
VOUS NE PASSEREZ PAS...

MOI, JE SUIS QU'UN IMBÉCILE ...
MAIS IL Y A QUELQUE CHOSE QUE JE PEUX FAIRE.
NE BOUGEZ PLUS !
ARRÊTEZ-LES TOUS !
!

LES VOILÀ !
LES ENFOIRÊS...
ILS SE RAMÈNENT !
WIIUU
WIIUU
WIIUU
MARIO... PRENDS ANCHAN SUR TES ÉPAULES, S'IL TE PLAÎT.
QUOI ?
PAF
KYA...
KYABETSU...
HÉ HÉ

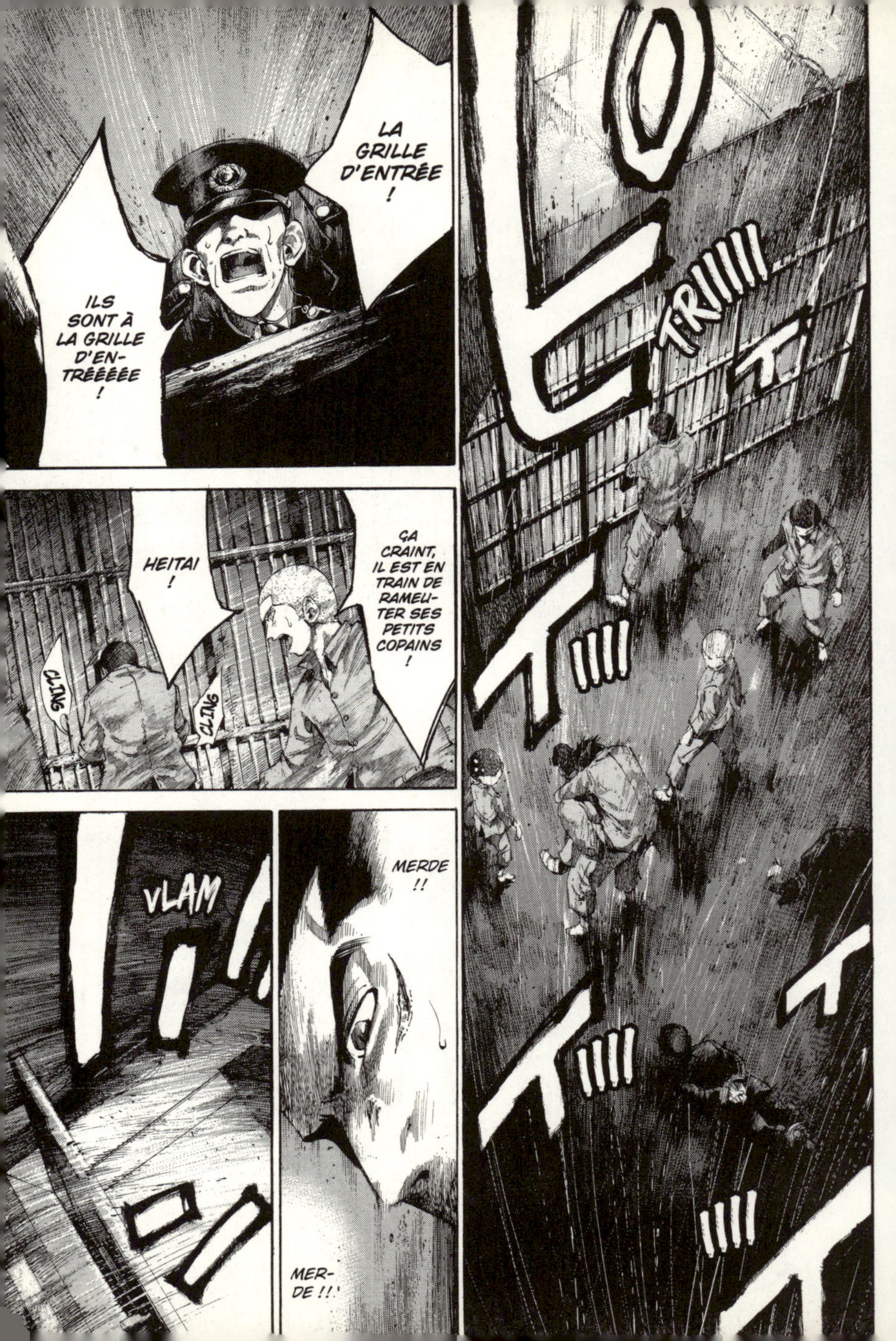
TRIIII
LA GRILLE D'ENTRÉE !
ILS SONT À LA GRILLE D'ENTRÉÉÉÉE !
ÇA CRAINT, IL EST EN TRAIN DE RAMEUTER SES PETITS COPAINS !
HEITAI !
CLING
CLING
MERDE !!
MER-DE !!
VLAM

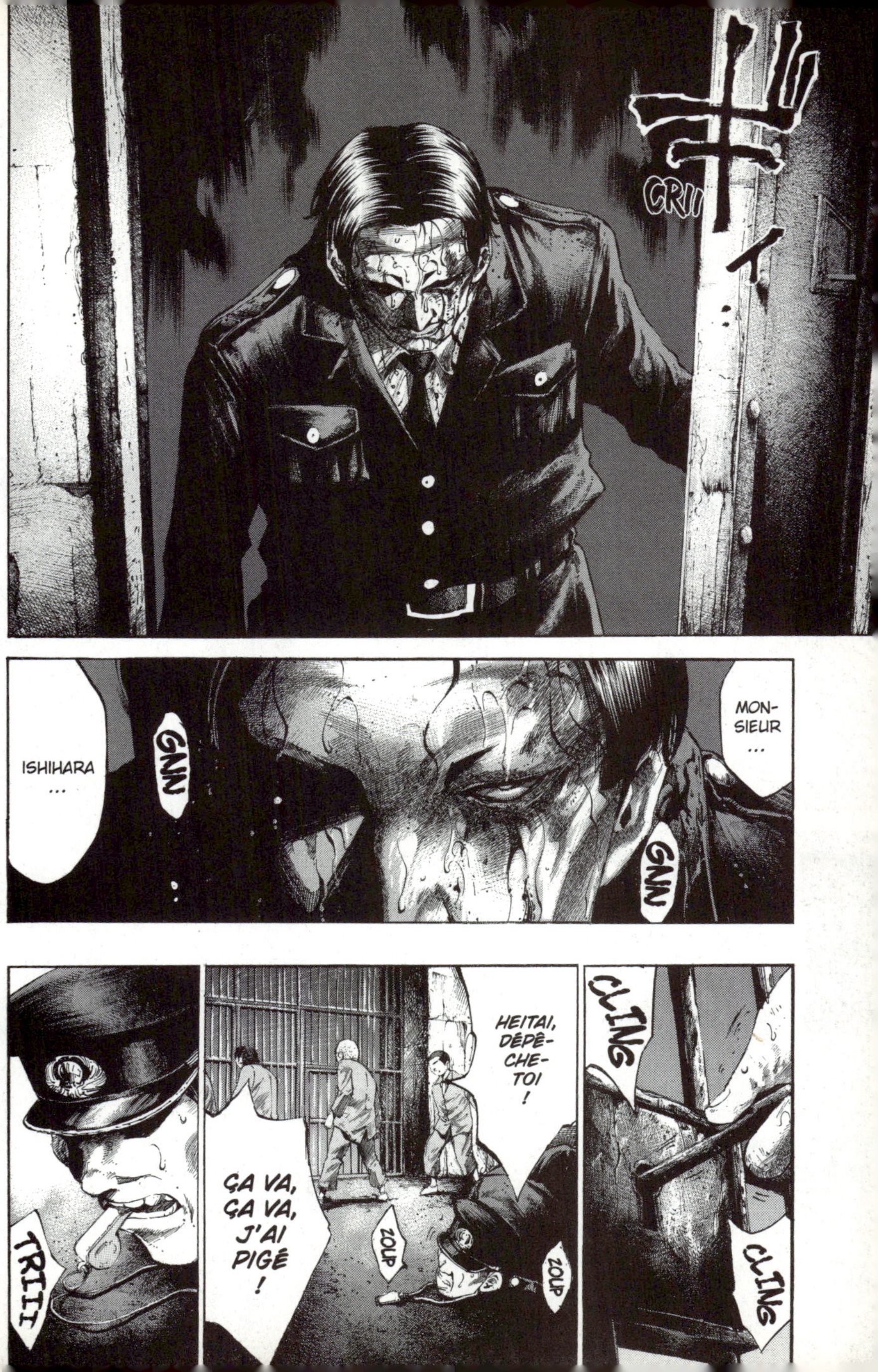

キィ
CRIII
MONSIEUR ...
GANN
GANN
ISHIHARA ...
CLING
CLING
HEITAI, DÉPÊCHE-TOI !
ÇA VA, ÇA VA, J'AI PIGÉ !
ZOUP
ZOUP
TRIIII

BON… JE VAIS OUVRIR…
KYABETSU, EMPÊCHE LES TYPES QUI SONT À NOS BASQUES DE PASSER.
2 H 30
BAM
BAM
BAM
BAM
BAM
BAM
BAM
MAIS QU'EST-CE QUE C'EST ?
BAM
BAM
HÉ, Y A QUELQU'UN ?
CRIIIT

CE N'EST PAS UN DÉTENU "ÉVADÉ" ...
MAIS UN DÉTENU "LIBÉRÉ".
ALORS IL FAUT ...
QU'IL SORTE PAR LA GRANDE PORTE...
PLAF
BAREMOTO AVAIT RAISON, C'EST CE TYPE QUI AVAIT LES CLÉS DES GRILLES.
CLING

EN-
TENDU
!
NOUS ALLONS DE CE PAS AUX GRILLES DE DERRIÈRE !
HÉ HÉ
DIS, BAREMOTO, IL Y A QUELQUE CHOSE QUI NE VA PAS DANS TON PLAN...
二舎六房
AH BON ? ET QUOI ?
*QUARTIER 2 CELLULE 6.
CE SERAIT PAS MIEUX DE SORTIR PAR LES GRILLES DE DERRIÈRE OÙ IL Y A MOINS DE GARDIENS ?
AH... C'EST ÉGALEMENT CE QUE JE PENSAIS FAIRE, AU DÉPART...
MAIS MARIO A INSISTÉ POUR QU'ON FASSE AUTREMENT...
ANCHAN A PASSÉ DEUX ANS ICI. IL A PURGÉ SA PEINE...
JE NE VEUX PAS QU'IL SORTE PAR LA PORTE DE DERRIÈRE ...

2 H 15

NOUS N'EN AVONS ATTRAPÉ QU'UN, RYÛJI NOMOTO…
LES SIX AUTRES SONT TOUJOURS EN FUITE.
MAIS QU'EST-CE QUE VOUS FOUTEZ ! DÉPÊCHEZ-VOUS D'ALLER CHOPER SAKURA… EUH… LES SIX AUTRES !
MAIS ON N'A PLUS D'ÉCLAIRAGE…
COMMENT SAVOIR OÙ CHERCHER ?
AUX GRILLES DE DERRIÈRE.
CES PUTAINS DE GAMINS ONT DÛ BIEN PRÉPARER LEUR COUP.
JE SUIS SÛR QU'ILS SONT ALLÉS AUX GRILLES DE DERRIÈRE, CAR IL N'Y A AUCUN GARDIEN LÀ-BAS.

IL S'ÉTAIT FAIT PRENDRE DÈS LE DÉBUT, MAIS C'ÉTAIT NÉCESSAIRE. C'EST COMME AU BASE-BALL, LORSQU'UN FRAPPEUR AMORTIT LA BALLE POUR FAIRE AVANCER SES CO-ÉQUIPIERS. RYÛJI NOMOTO ÉTAIT LE NOM QUE LUI AVAIENT DONNÉ SES PARENTS POUR L'ÉTAT CIVIL, MAIS SON SURNOM DE BAREMOTO VENAIT DE L'EXPRESSION "BARETE MOTOMOTO", QUI SE DIT DE CEUX QUI TENTENT SANS REGRET MÊME S'ILS SONT PRATIQUEMENT CERTAINS DE SE FAIRE PRENDRE.

CRIME 31. Enemy within

COUREZ !!

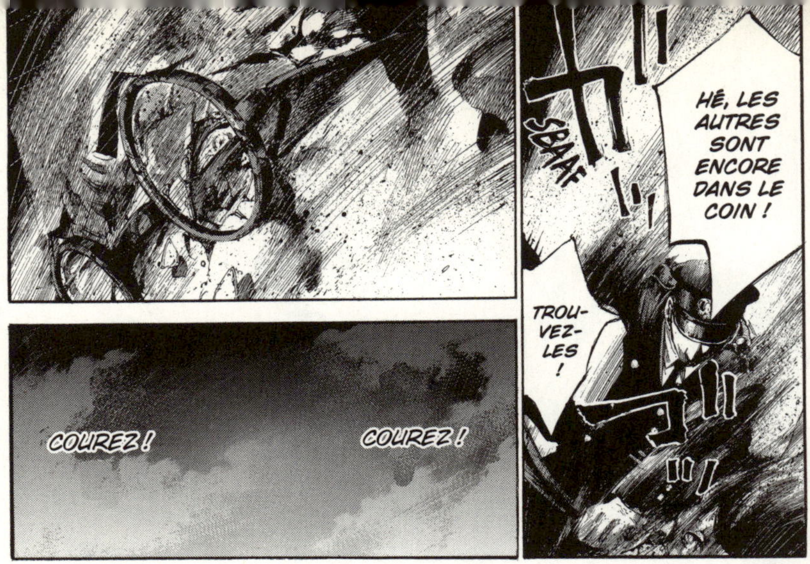

JE VOUS AVAIS PRÉVENUS, NON ? CE PLAN…

NE POUVAIT PAS MARCHER SANS SACRIFICE.

QU'EST-CE QUI SE PASSE ?
QU'EST-CE QUE...
PUTAIN DE GAMIN !
BLAM
BARE-MOTO...
IL A FAIT SAUTER LES PLOMBS ?

CLAC
7

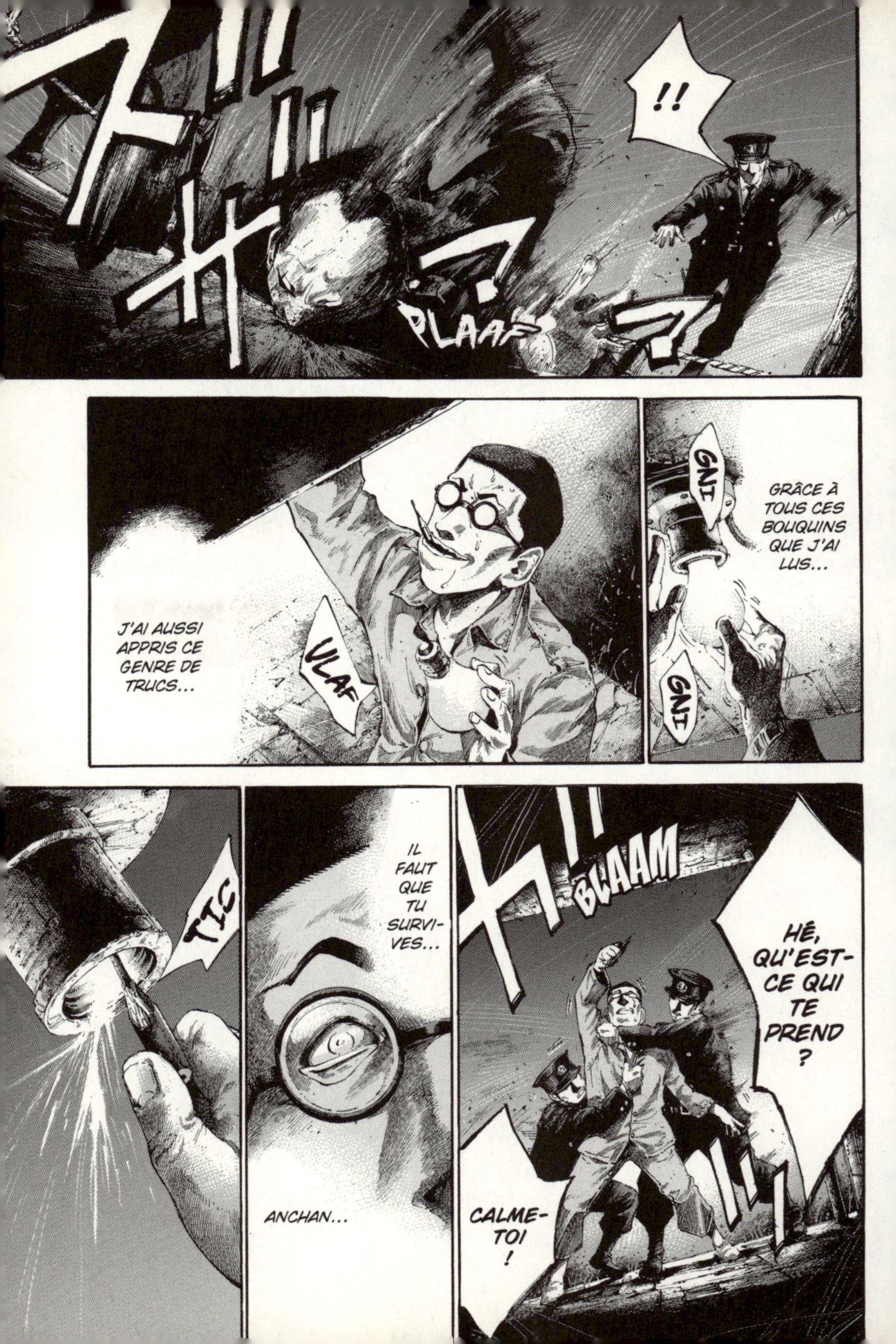
!!
PLAAF
GNI
GRÂCE À TOUS CES BOUQUINS QUE J'AI LUS...
GNI
ULAF
J'AI AUSSI APPRIS CE GENRE DE TRUCS...
BLAAM
HÉ, QU'EST-CE QUI TE PREND ?
CALME-TOI !
IL FAUT QUE TU SURVIVES...
ANCHAN...
TIC

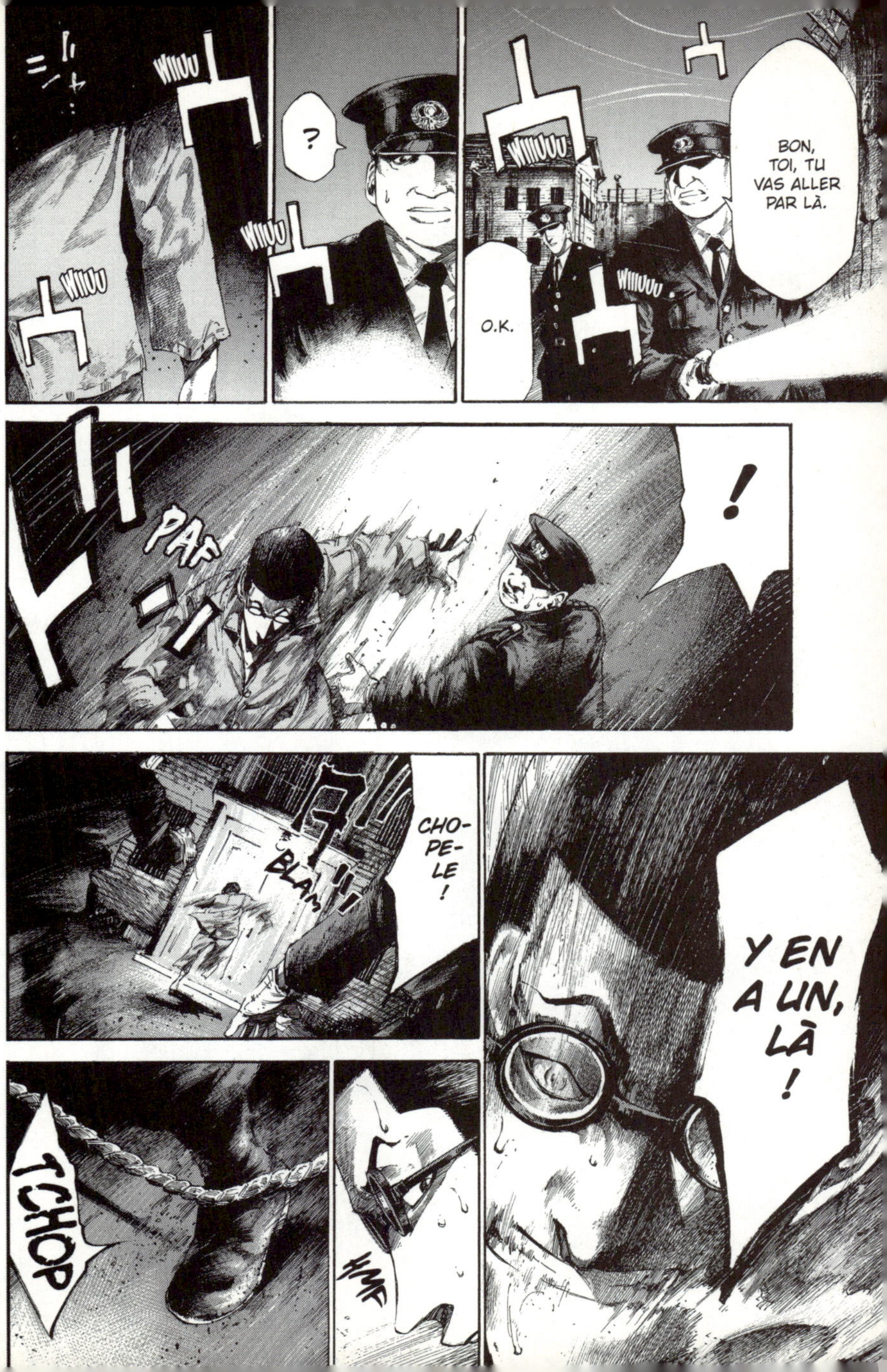
BON, TOI, TU VAS ALLER PAR LÀ.
WIIIUUU
WIIIUUU
O.K.
?
WIIIUU
WIIIUU
WIIIU
!
PAF
Y EN A UN, LÀ !
CHOPE-LE !
BLAM
HMF
TCHOP

LAISSEZ-MOI FAIRE.
WIU
FLAP
WIUU
WIUU
MARIO, METS-TOI CE PLAN EN TÊTE.
T'AS INTÉRÊT À RÉUSSIR, SINON ANCHAN EST FOUTU…
WIUU
SUPPON, SI T'ARRIVES À T'ENFUIR, PENSE À ME PRÉSENTER DES NANAS.
J'AI PAS ENVIE DE CREVER PUCEAU.
WIUU
BARE-MOTO… TU…
WIUU
WIUU

JE N'AI JAMAIS EU D'AMIS…
PERSONNE NE JOUAIT AVEC MOI…
J'ÉTAIS TOUT LE TEMPS SEUL, LE NEZ PLONGÉ DANS MES BOUQUINS…
ET C'EST À MOI, LE PETIT MALIN QUE TOUT LE MONDE DÉTESTAIT…
QUE L'ON DEMANDE DE L'AIDE ?
WIIUU
ILS NE VONT PAS TARDER À NOUS TROUVER !
ET MERDE… QU'EST-CE QU'ON FAIT ?
WIIUU
NE PANIQUONS PAS !
SCRITCH

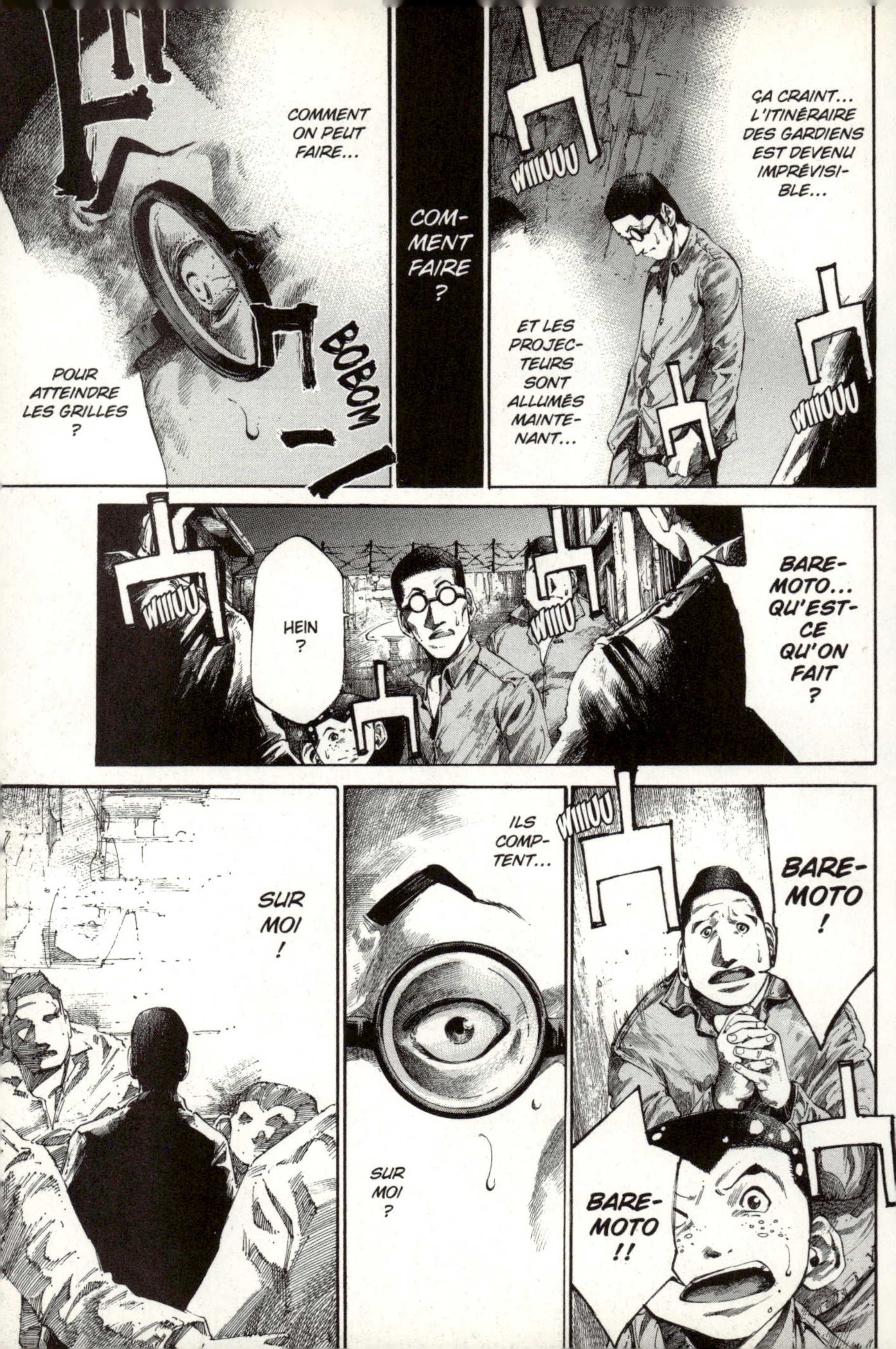
ÇA CRAINT… L'ITINÉRAIRE DES GARDIENS EST DEVENU IMPRÉVISIBLE…
WIIIUUU
ET LES PROJECTEURS SONT ALLUMÉS MAINTENANT…
WIIIUUU
COMMENT FAIRE ?
COMMENT ON PEUT FAIRE…
BOBOM
POUR ATTEINDRE LES GRILLES ?
BAREMOTO… QU'EST-CE QU'ON FAIT ?
WIIIUU
HEIN ?
WIIIUU
WIIIUU
BAREMOTO !
BAREMOTO !!
ILS COMPTENT…
SUR MOI ?
SUR MOI !

JAMAIS, VOUS M'EN-TENDEZ ?!
SASAKI ?

!!
CLAAAC
WIIUU
IUU
UNE ÉVASION !!
ON RECHERCHE LES SIX DÉTENUS DE LA CELLULE 6 DU QUARTIER 2, ET SAKURAGI QUI ÉTAIT EN ISOLEMENT.
WIIUU
RENFORCEZ LA SURVEILLANCE À L'ENTRÉE !
WIIUU
QU'EST-CE QUE ...
GLOUPS
JE NE VOUS LAISSERAI PAS FILER !
WIIUU
IUU
IUU
WIIUU

wllluu
wllluu
wllluu
llluu
llluu
llluu
llluu

T'ES GÉNIAL !
POURQUOI TU ME DIS ÇA TOUT À COUP ?
DIRE QUE TU AS MÊME CALCULÉ ÇA...
ON EST CONTENTS D'ÊTRE TES POTES.
ON VA T'APPELER "MONSIEUR BAREMOTO" !
POF
POF
HÉ, ON A FINI DE TENDRE LA CORDE.
J'AIMERAIS BIEN VOIR LES GARDIENS QUAND ILS VONT SE VIANDER.
BON, POUR LE MOMENT, TOUT SE PASSE COMME PRÉVU...

ON VA TENDRE DES CORDES AU MILIEU DU CHEMIN QUE NOUS ALLONS EMPRUNTER POUR NOUS ÉVADER.
LES GARDES À NOTRE POURSUITE SE BLESSERONT ET NE POURRONT PAS CONTINUER.
HÉ, TU CROIS QU'ON A LE TEMPS DE TRAÎNER COMME ÇA ?
HUM… J'AI TOUT PRÉVU.
LE DIMANCHE, IL Y A BEAU Y AVOIR MOINS DE GARDES À L'INTÉRIEUR, IL EN RESTE AU MINIMUM DEUX OU TROIS À L'EXTÉRIEUR QUI FONT DES RONDES.
FLAP
ACTUEL-LEMENT, NOUS SOMMES ICI. L'ITINÉRAIRE DE LA RONDE DE SURVEIL-LANCE EST LE SUIVANT…
ON SAIT À PEU PRÈS OÙ ILS SE TROUVENT À TOUT MOMENT.
C'EST POURQUOI JE PENSE QU'IL SERAIT MIEUX D'ATTENDRE UN QUART D'HEURE ICI.
QUOI ?
BARE-MOTO…

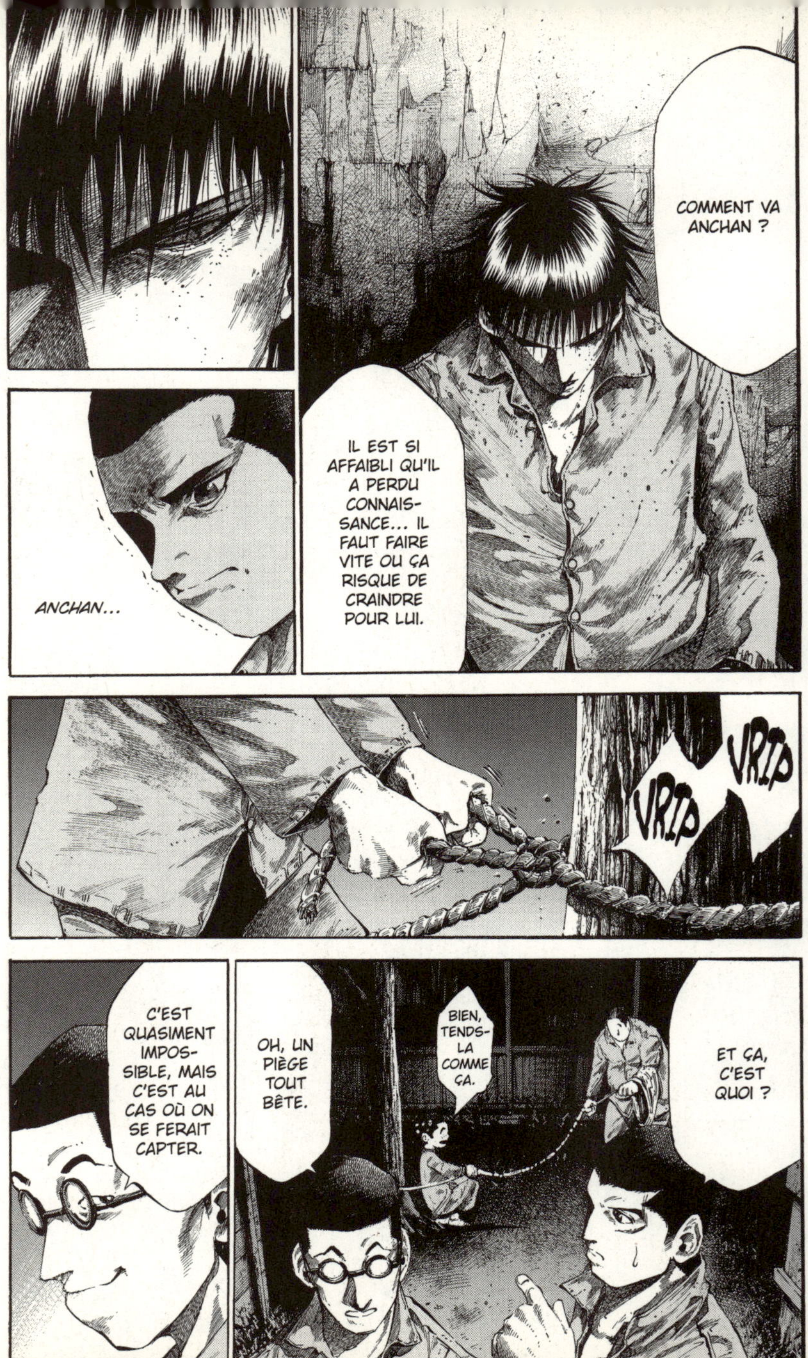
COMMENT VA ANCHAN ?
IL EST SI AFFAIBLI QU'IL A PERDU CONNAISSANCE... IL FAUT FAIRE VITE OU ÇA RISQUE DE CRAINDRE POUR LUI.
ANCHAN...
VRIP
VRIP
ET ÇA, C'EST QUOI ?
BIEN, TENDS-LA COMME ÇA.
OH, UN PIÈGE TOUT BÊTE.
C'EST QUASIMENT IMPOSSIBLE, MAIS C'EST AU CAS OÙ ON SE FERAIT CAPTER.

CRIME 30. Dead or alive

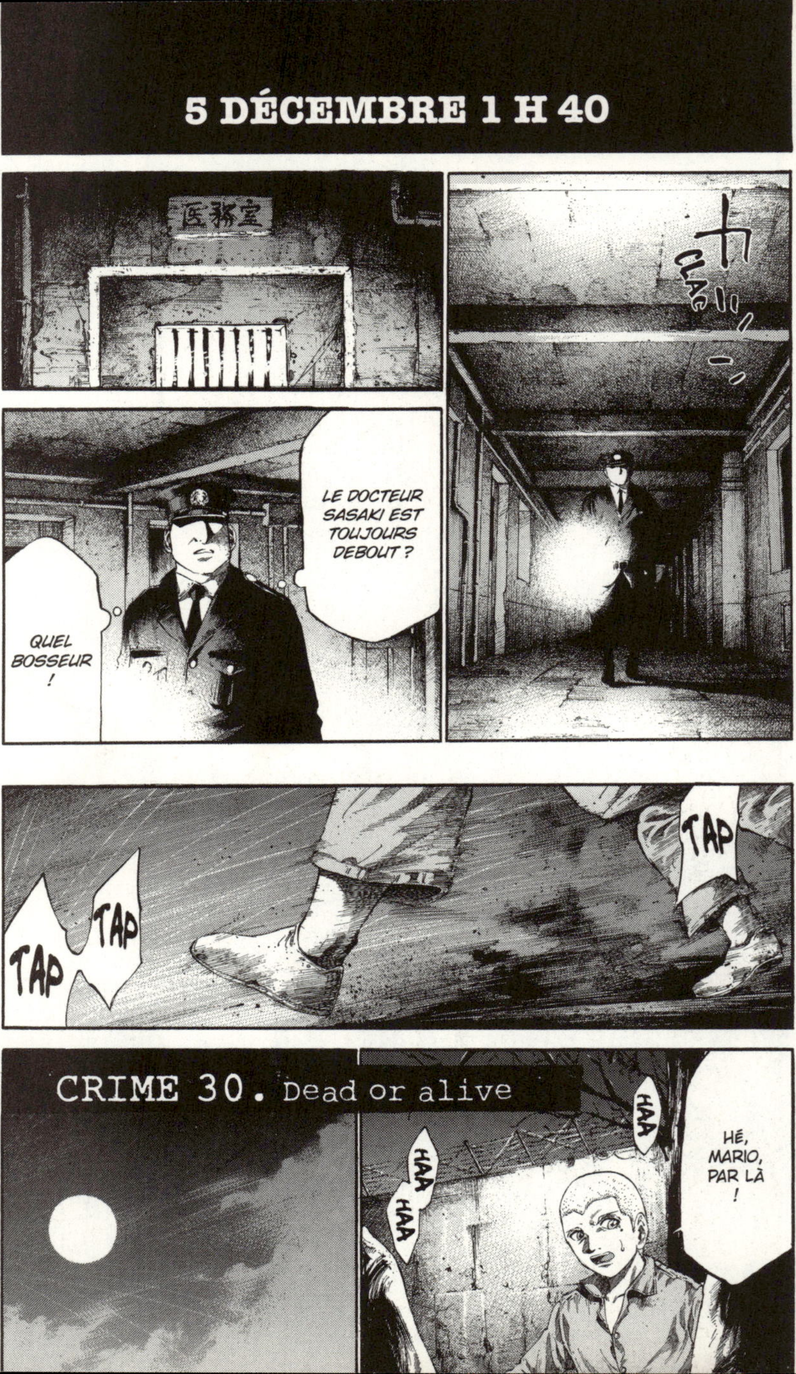
5 DÉCEMBRE 1 H 40
CLAC
医務室
LE DOCTEUR SASAKI EST TOUJOURS DEBOUT ?
QUEL BOSSEUR !
TAP
TAP
TAP
HAA
HAA
HAA
HÉ, MARIO, PAR LÀ !
CRIME 30. Dead or alive

MARIO EUT LE CŒUR PINCÉ EN SENTANT SUR SON DOS À QUEL POINT ANCHAN AVAIT MAIGRI... IL SE JURA DE FAIRE PAYER À ISHIHARA ET SASAKI CE QU'ILS AVAIENT FAIT SUBIR À ANCHAN. IL ÉTAIT À DEUX PAS DE QUITTER CES MURS. QUOI QU'IL ARRIVE, IL LIBÉRERAIT ANCHAN.

MARIO, C'ÉTAIT UN BEAU CROCHET DU GAUCHE ...

PLOC
PLIC PLOC
MARIO, PASSE-LE-MOI, C'EST UN SACRÉ POIDS POUR QUELQU'UN QUI EST DANS TON ÉTAT, NON ?
...
ÇA VA, IL EST LÉGER...
BRR !
IL A PERDU TELLEMENT DE POIDS !
MARIO...
GAIN
GAIN
ANCHAN, NE PARLE PAS...
...

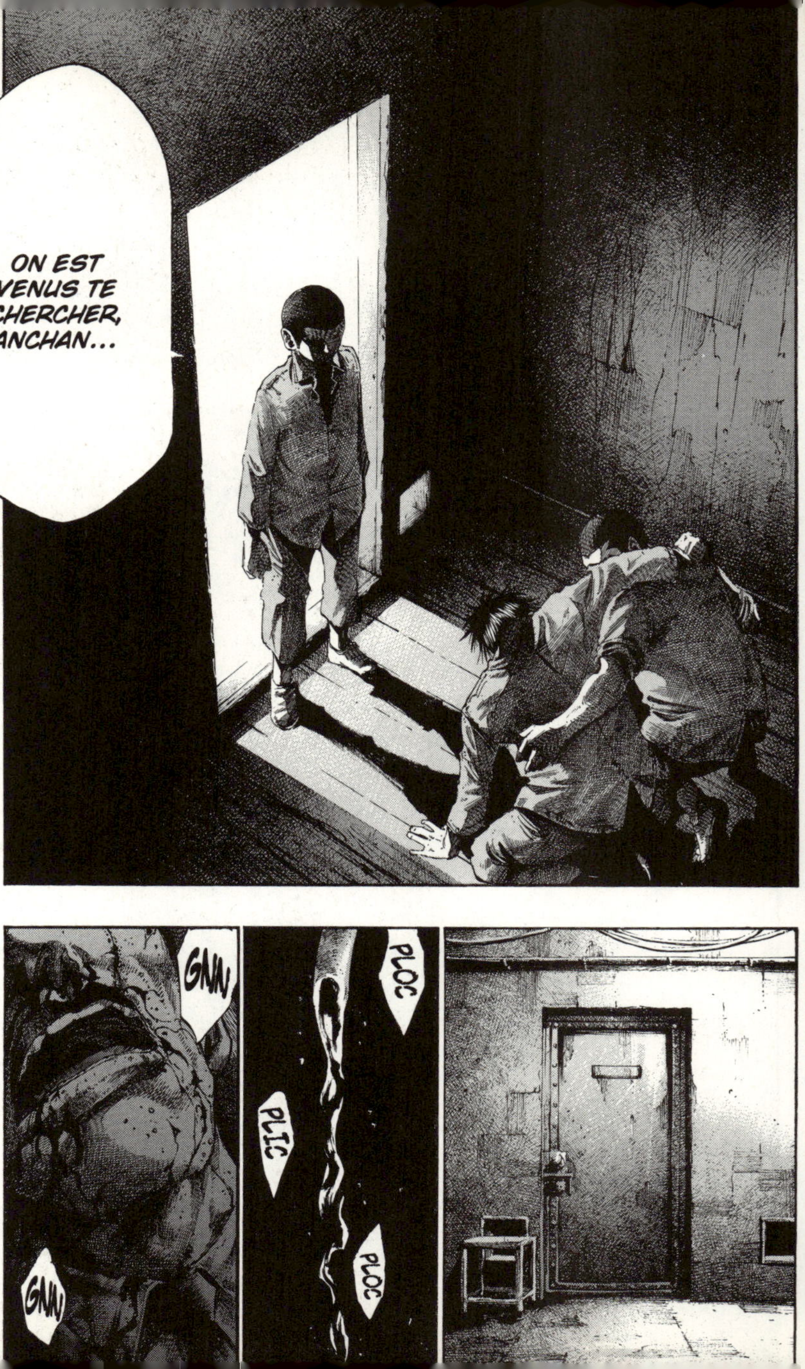
ON EST VENUS TE CHERCHER, ANCHAN...
PLOC
PLIC
PLOC
GNN
GNN

PAF
MARIO ! ANCHAN VA BIEN ?
MA...
ANCHAN ...

VA...
RÔTIR EN ENFER !

01 H 35

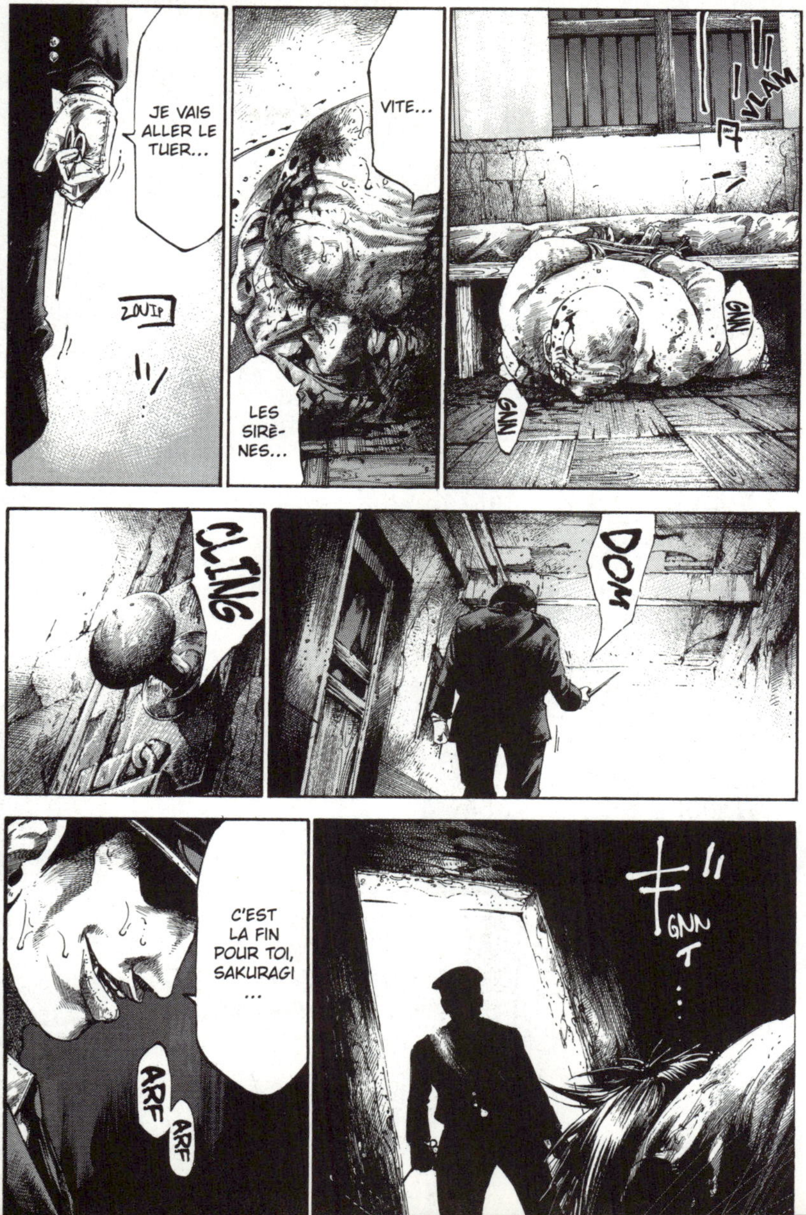
JE VAIS ALLER LE TUER...
ZOUIP
VITE...
LES SIRÈNES...
VLAM
GNN
GNN
CLING
DOM
C'EST LA FIN POUR TOI, SAKURAGI ...
ARF
ARF
GNN T ...

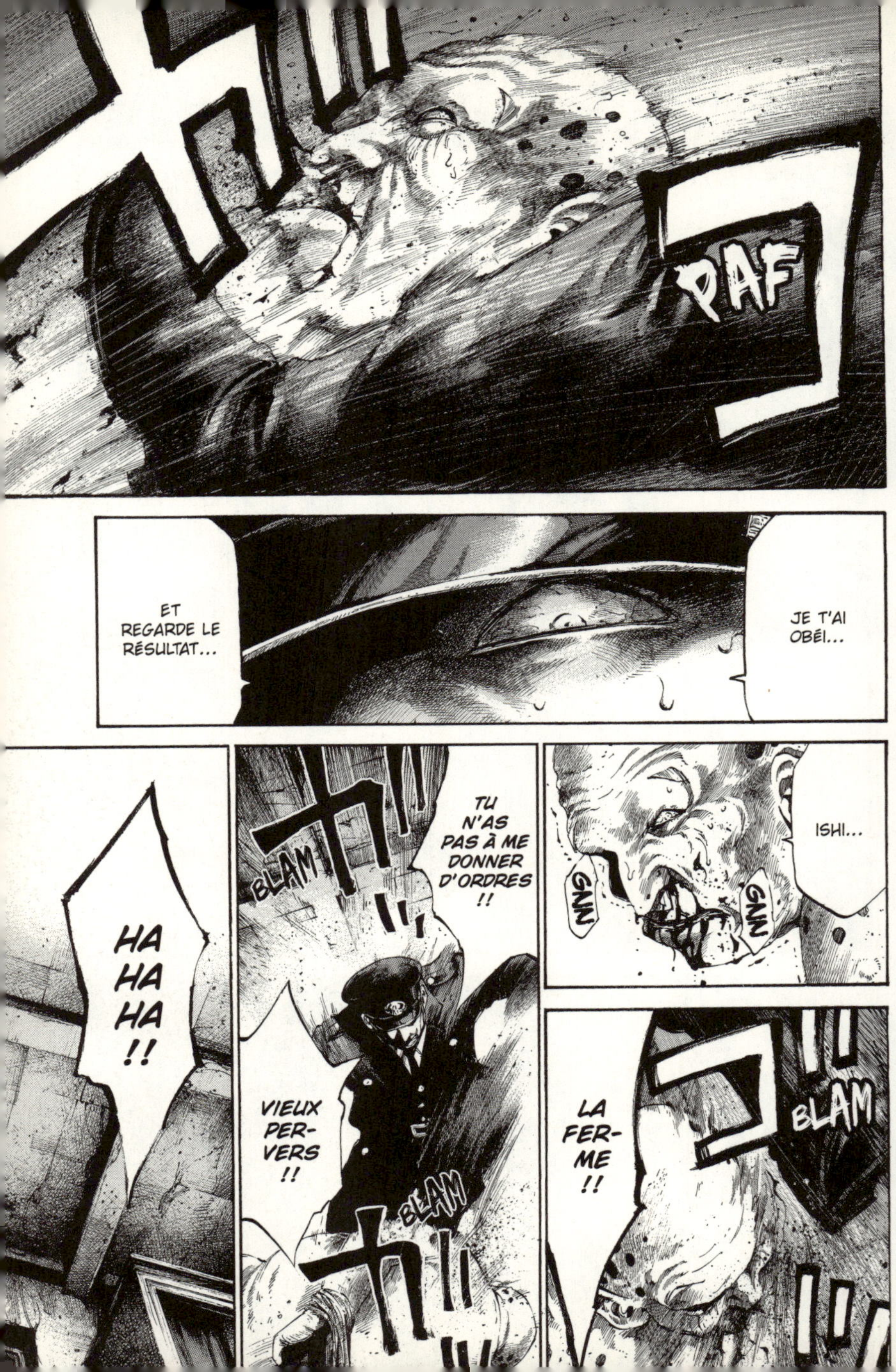
PAF
JE T'AI OBÉI...
ET REGARDE LE RÉSULTAT...
ISHI...
GNN
GNN
TU N'AS PAS À ME DONNER D'ORDRES !!
BLAM
LA FER-ME !!
BLAM
VIEUX PER-VERS !!
BLAM
HA HA HA !!

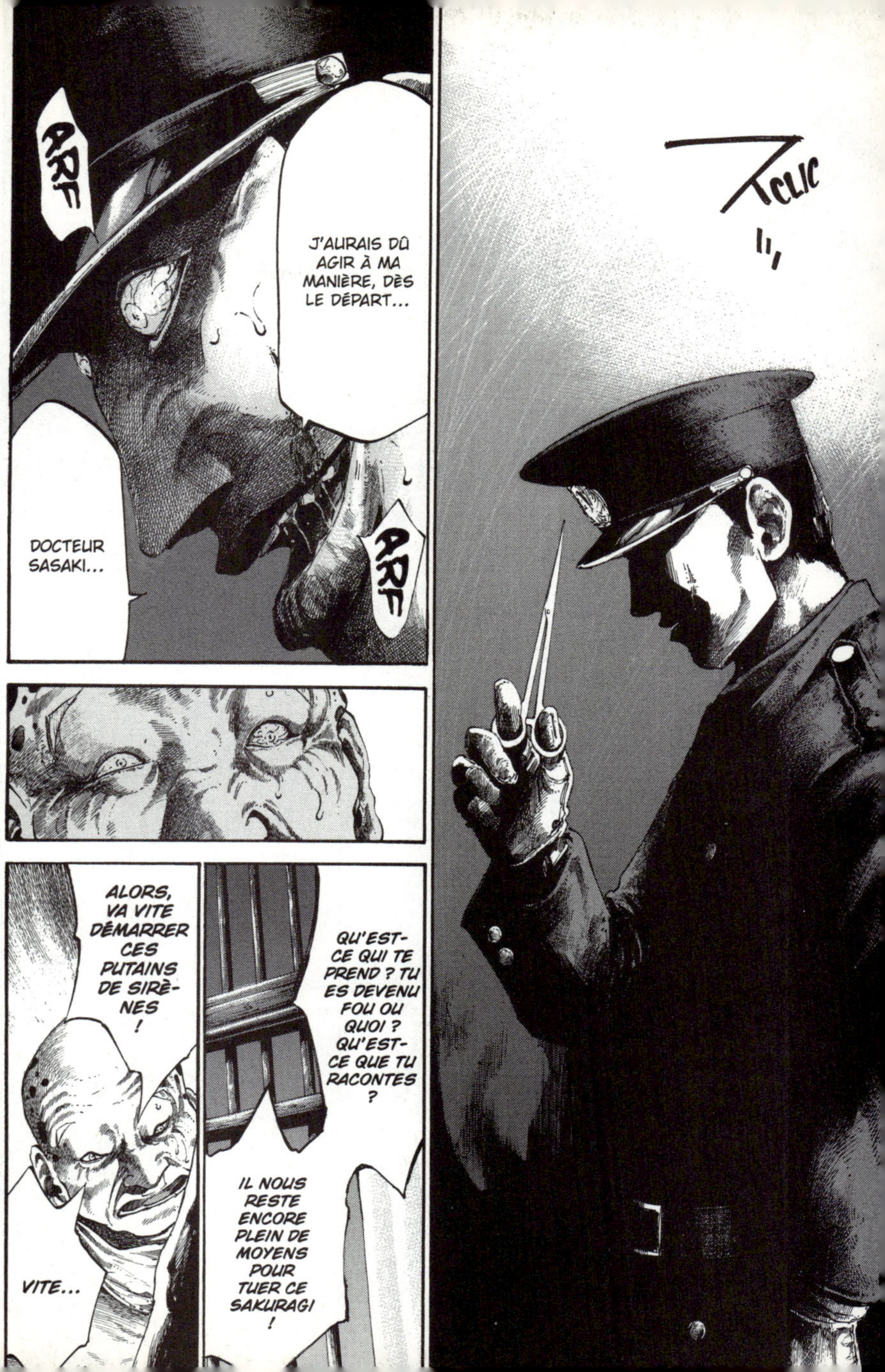
CLIC
ARF
J'AURAIS DÛ AGIR À MA MANIÈRE, DÈS LE DÉPART...
ARF
DOCTEUR SASAKI...
QU'EST-CE QUI TE PREND ? TU ES DEVENU FOU OU QUOI ? QU'EST-CE QUE TU RACONTES ?
IL NOUS RESTE ENCORE PLEIN DE MOYENS POUR TUER CE SAKURAGI !
ALORS, VA VITE DÉMARRER CES PUTAINS DE SIRÈ-NES !
VITE...

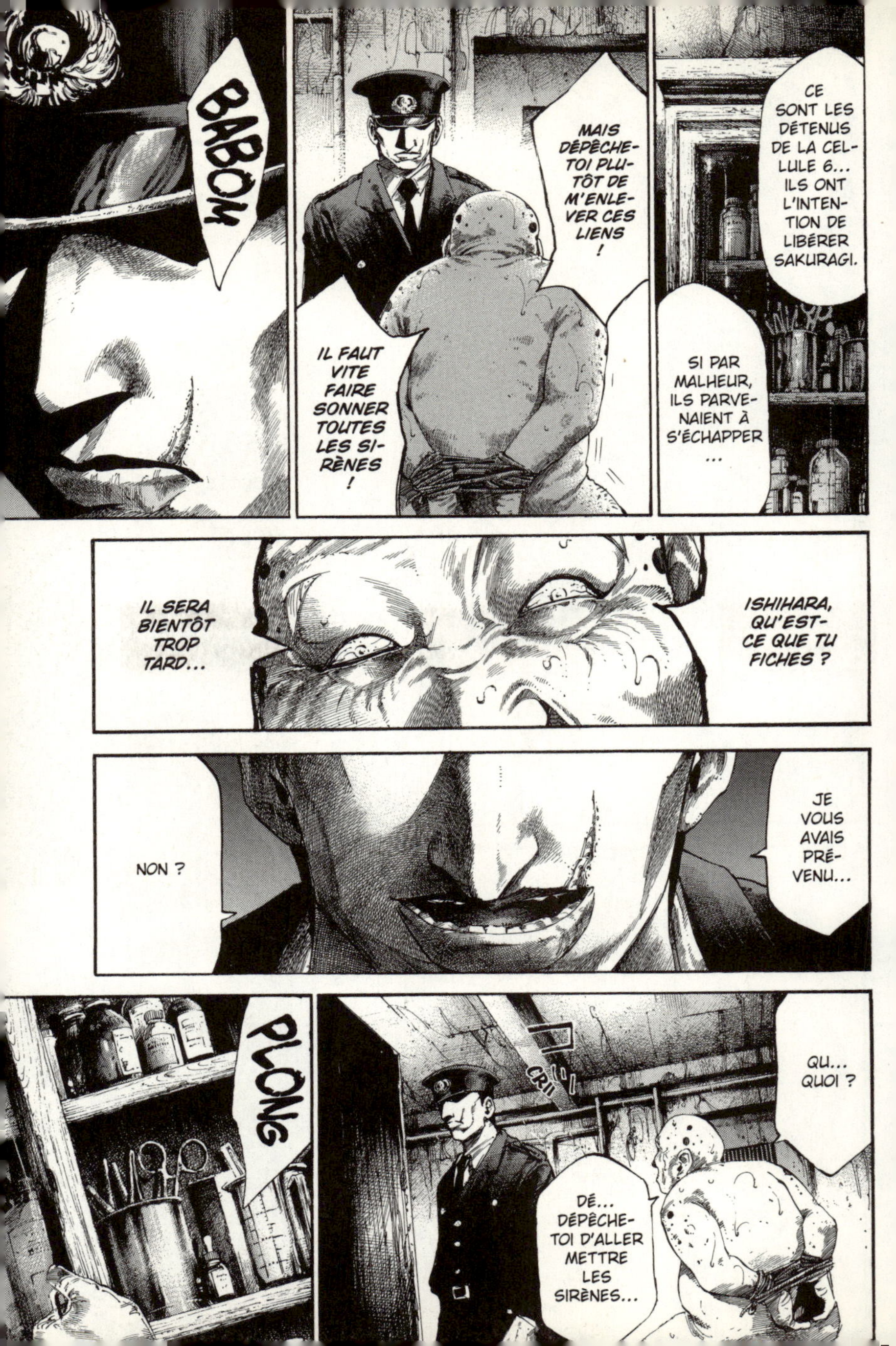
CE SONT LES DÉTENUS DE LA CELLULE 6... ILS ONT L'INTENTION DE LIBÉRER SAKURAGI.
SI PAR MALHEUR, ILS PARVENAIENT À S'ÉCHAPPER ...
MAIS DÉPÊCHE-TOI PLUTÔT DE M'ENLEVER CES LIENS !
IL FAUT VITE FAIRE SONNER TOUTES LES SIRÈNES !
BABOM
ISHIHARA, QU'EST-CE QUE TU FICHES ?
IL SERA BIENTÔT TROP TARD...
JE VOUS AVAIS PRÉVENU...
NON ?
QU... QUOI ?
CRII
DÉ... DÉPÊCHE-TOI D'ALLER METTRE LES SIRÈNES...
PLONG

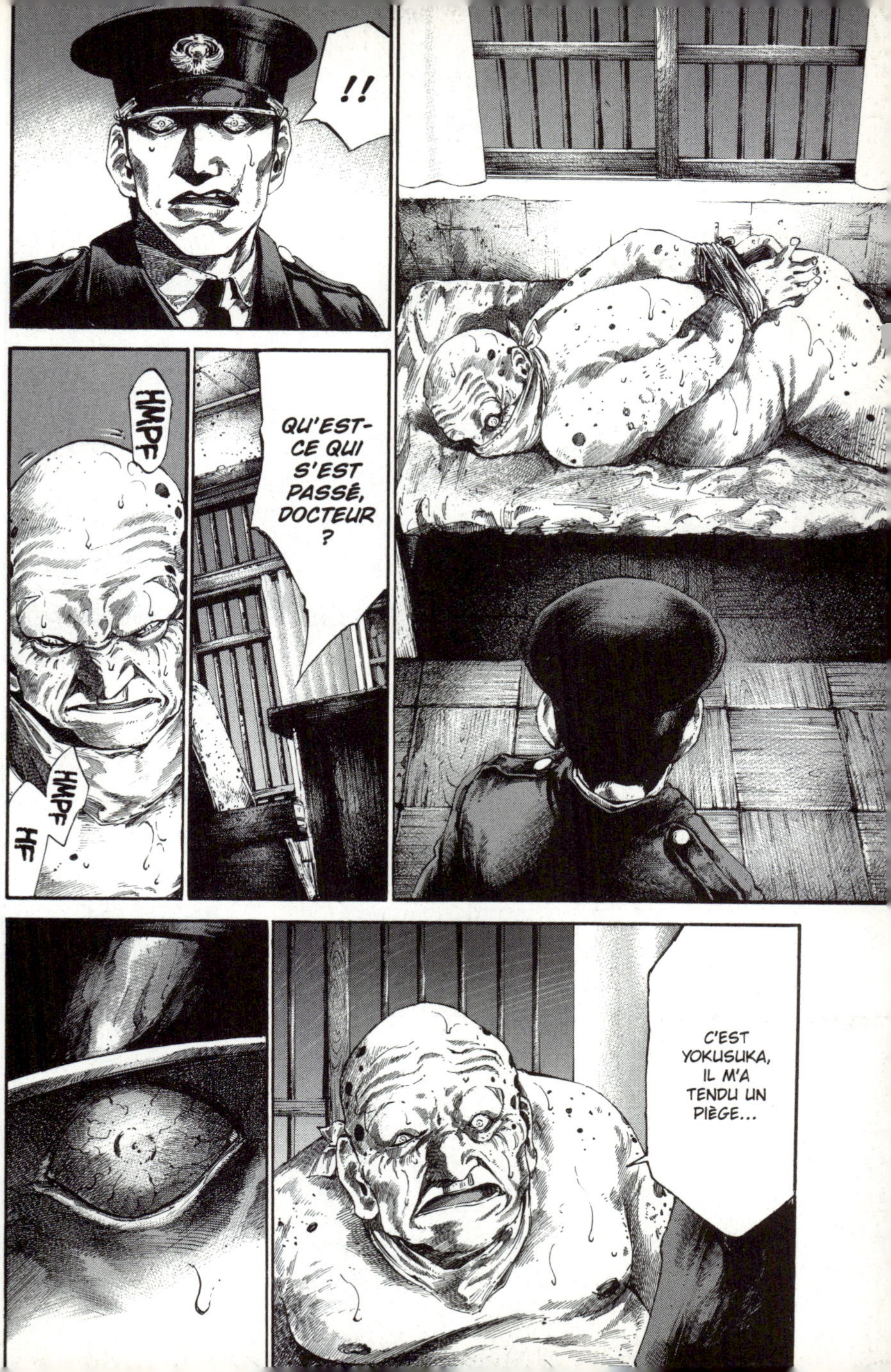
!!
QU'EST-CE QUI S'EST PASSÉ, DOCTEUR ?
HMPF
HMPF HF
C'EST YOKUSUKA, IL M'A TENDU UN PIÈGE...

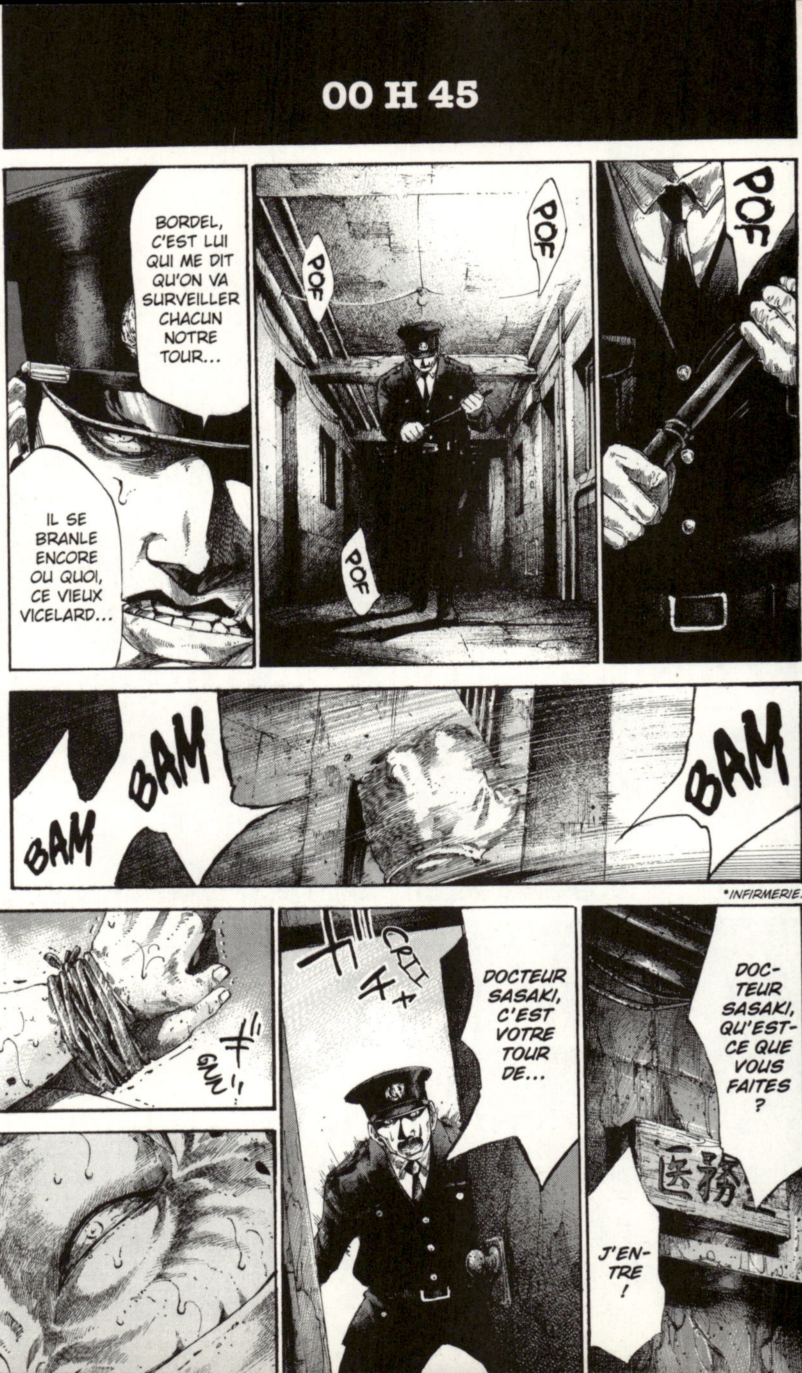
00 H 45
POF
POF
POF
POF
BORDEL, C'EST LUI QUI ME DIT QU'ON VA SURVEILLER CHACUN NOTRE TOUR...
IL SE BRANLE ENCORE OU QUOI, CE VIEUX VICELARD...
BAM
BAM
BAM
*INFIRMERIE.
DOC-TEUR SASAKI, QU'EST-CE QUE VOUS FAITES ?
J'EN-TRE !
CRII
DOCTEUR SASAKI, C'EST VOTRE TOUR DE...

SOUS L'ARBRE OÙ L'ON A GRAVÉ...
NOS RÊVES...

SI ON RÉUSSIT…
ENFIN, NON… QUAND ON AURA RÉUSSI…
ON IRA…
ZAT
FUMER TOUS ENSEMBLE AVEC ANCHAN…
TOUS LES SEPT…
ENSEMBLE…

BON...
TOUT LE MONDE SE SOUVIENT DU PLAN ?
MARIO ET HEITAI VONT FAIRE SORTIR ANCHAN DU MITARD EN LE PORTANT SUR LEUR DOS...
SUPPON, JOE, KYABETSU ET MOI...
ON S'OCCUPERA DE LIBÉRER LA VOIE.
C'EST MAINTENANT OU JAMAIS...
ON N'AURA PAS D'AUTRE CHANCE.
SOIS PAS LOURD, BAREMOTO. ON SAIT TOUT ÇA !
OH, LA FERME !
DIS, TU SERAIS PAS EN TRAIN DE CRAQUER ?

CRIME 29. Cry for freedom

BON, ALLONS CHERCHER ANCHAN AU MITARD.
DOM
DOM
DOM
DOM
DOM
DOM
DOM

HMM
HMM
VLAM
5 DÉCEMBRE, 00 H 10
*QUARTIER 2 CELLULE 6
CRIII
JOE... TU...
DÉSOLÉ ...
JE SUIS À LA BOURRE PARCE QUE J'EN AI PROFITÉ POUR PIQUER DES TRUCS À L'INFIRMERIE.

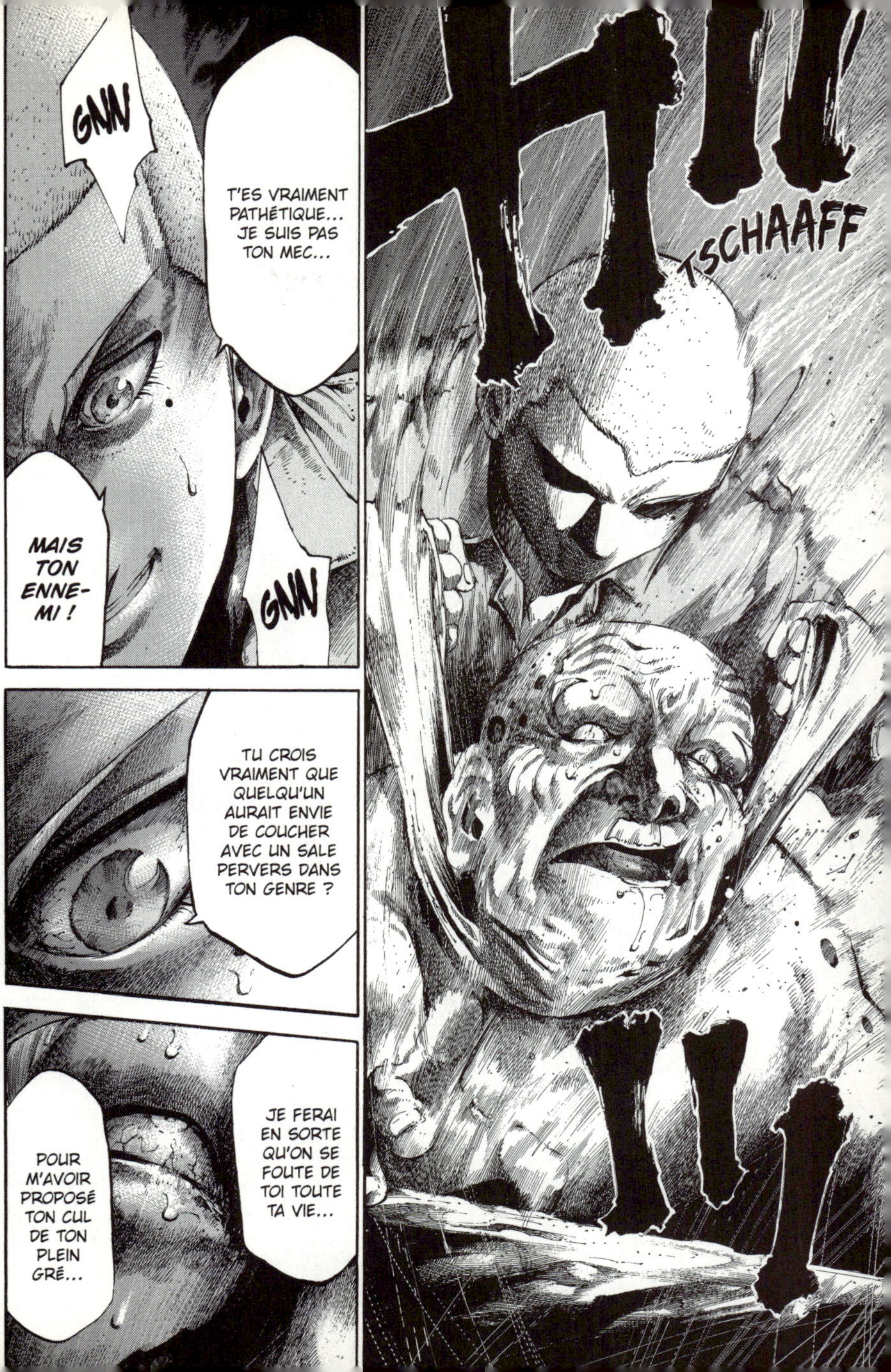
TSCHAAFF
T'ES VRAIMENT PATHÉTIQUE... JE SUIS PAS TON MEC...
GNN
GNN
MAIS TON ENNE-MI !
TU CROIS VRAIMENT QUE QUELQU'UN AURAIT ENVIE DE COUCHER AVEC UN SALE PERVERS DANS TON GENRE ?
JE FERAI EN SORTE QU'ON SE FOUTE DE TOI TOUTE TA VIE...
POUR M'AVOIR PROPOSÉ TON CUL DE TON PLEIN GRÉ...

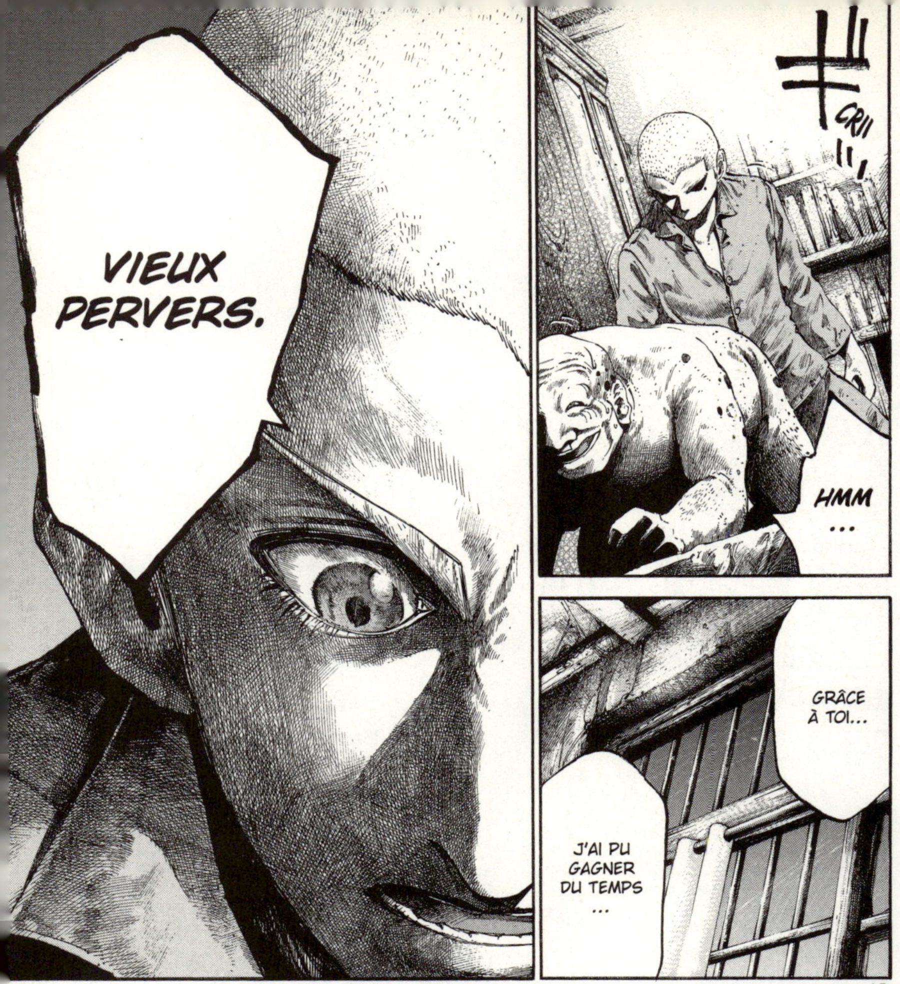
CRII
HMM ...
GRÂCE À TOI...
J'AI PU GAGNER DU TEMPS ...
VIEUX PERVERS.

HEIN ?

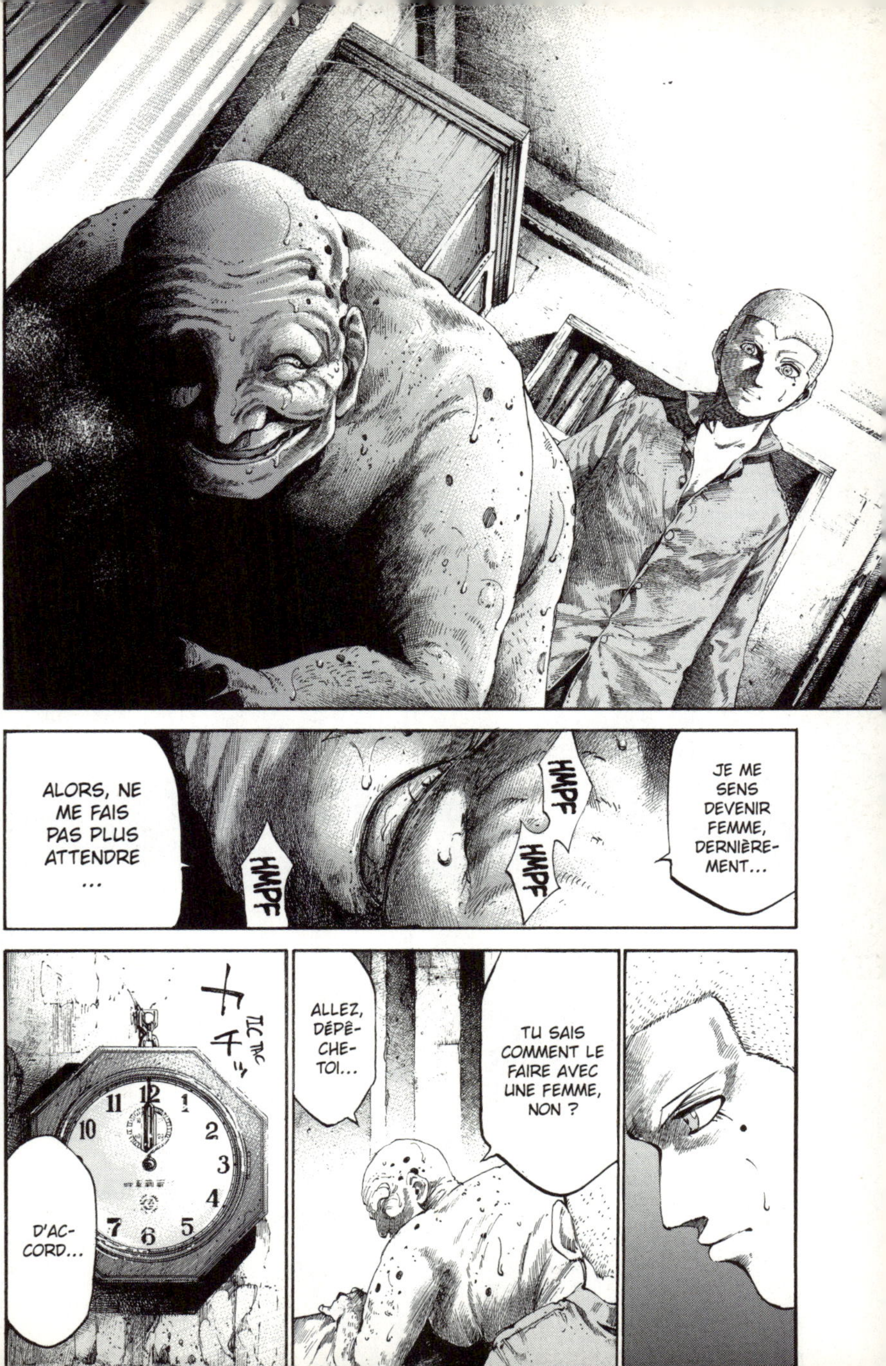
JE ME SENS DEVENIR FEMME, DERNIÈREMENT...
HMPF
HMPF
HMPF
ALORS, NE ME FAIS PAS PLUS ATTENDRE ...
TU SAIS COMMENT LE FAIRE AVEC UNE FEMME, NON ?
ALLEZ, DÉPÊCHE-TOI...
TIC TAC
D'ACCORD...

二舎六房*
*QUARTIER 2 CELLULE 6.
MAIS QU'EST-CE QU'IL FOUT...
ÇA SUFFIT, SUPPON.
JOE EST ALLÉ SE SACRIFIER...
RAAH, J'EN PEUX PLUS !
23 H 50
JE... JE NE PEUX PLUS ATTENDRE !
ARF
ALLONS-Y... D'ACCORD ?
ARF
D'ACCORD ?
ARF
TIC
TAC
EUH... BIEN... JE VOUS SUIS DANS LE LIT, DOCTEUR...

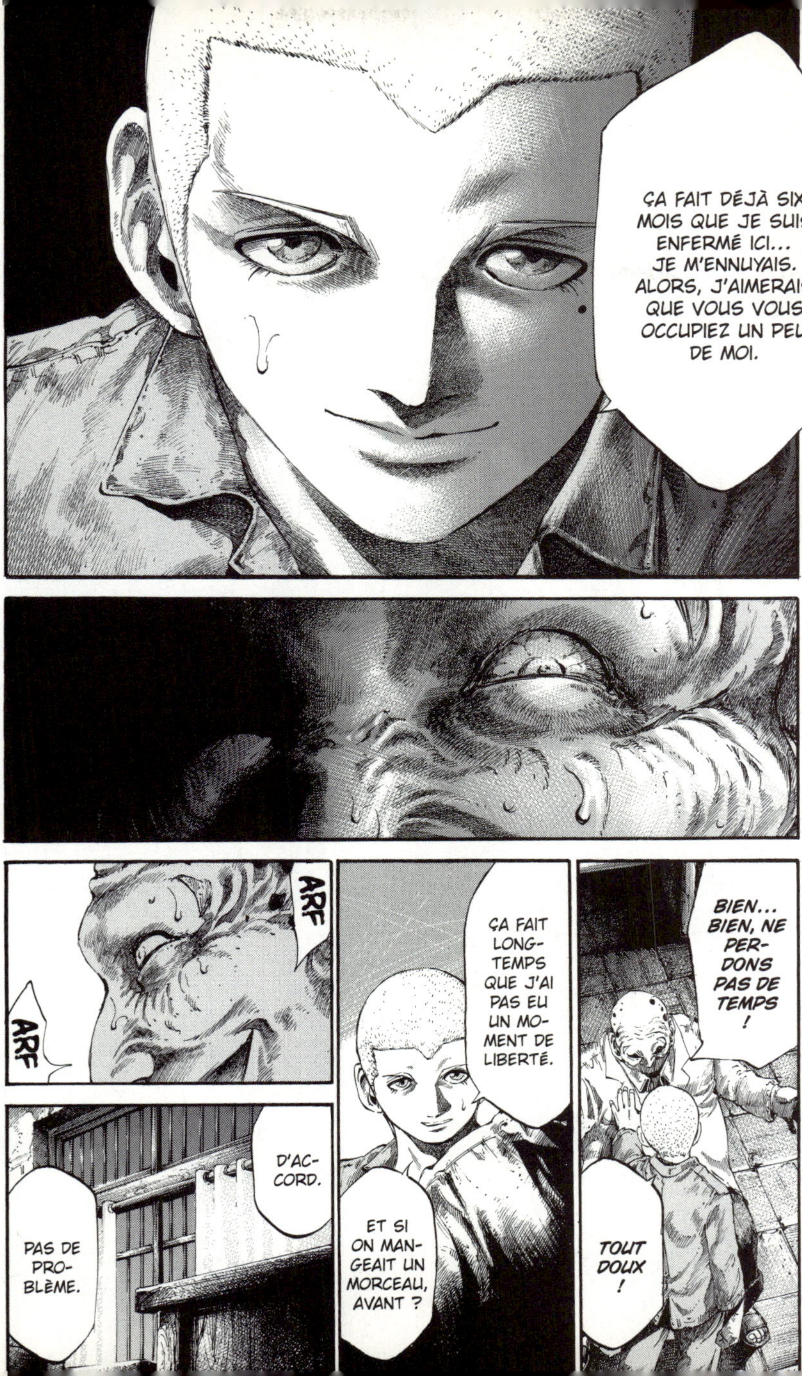
ÇA FAIT DÉJÀ SIX MOIS QUE JE SUIS ENFERMÉ ICI... JE M'ENNUYAIS. ALORS, J'AIMERAIS QUE VOUS VOUS OCCUPIEZ UN PEU DE MOI.
BIEN... BIEN, NE PERDONS PAS DE TEMPS !
TOUT DOUX !
ÇA FAIT LONGTEMPS QUE J'AI PAS EU UN MOMENT DE LIBERTÉ.
ET SI ON MANGEAIT UN MORCEAU, AVANT ?
ARF
ARF
D'ACCORD.
PAS DE PROBLÈME.

C'EST JÔ YOKOSUKA DE LA CELLULE 6 DU QUARTIER 2...
IL A L'AIR D'AVOIR DES PROBLÈMES À L'ESTOMAC.
GAN
ÉCOUTEZ, DOCTEUR... AUJOURD'HUI ON N'EST PAS NOMBREUX, ALORS J'AIMERAIS BIEN LE RAMENER ASSEZ VITE, S'IL N'A RIEN DE GRAVE.
BON... JE VAIS DÉJÀ L'EXAMINER.
OH LÀ LÀ... CE N'EST PAS BON, ÇA...
JE VAIS DEVOIR LE GARDER ICI POUR CE SOIR. VOUS POUVEZ ALLER REPRENDRE VOTRE TOUR DE GARDE.
D'AC-CORD...
VLAM
ALORS, YOKOSUKA... POURQUOI AVOIR FAIT SEMBLANT D'ÊTRE MALADE ?
TU VEUX DES CIGARETTES ? DES AMPHÉ-TAMINES ?

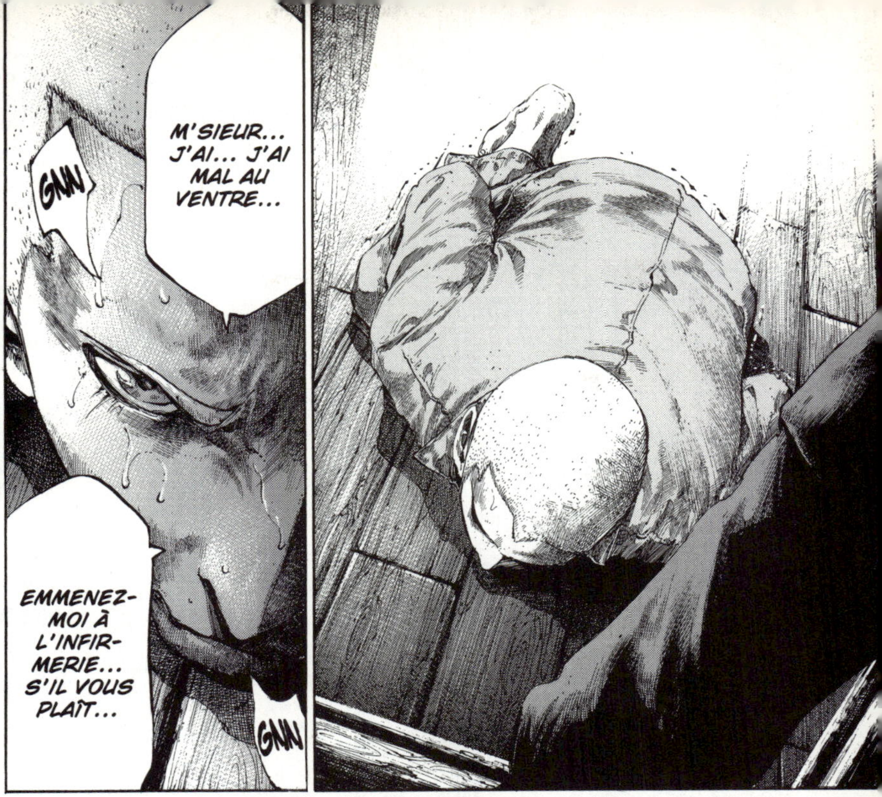

19 H 15

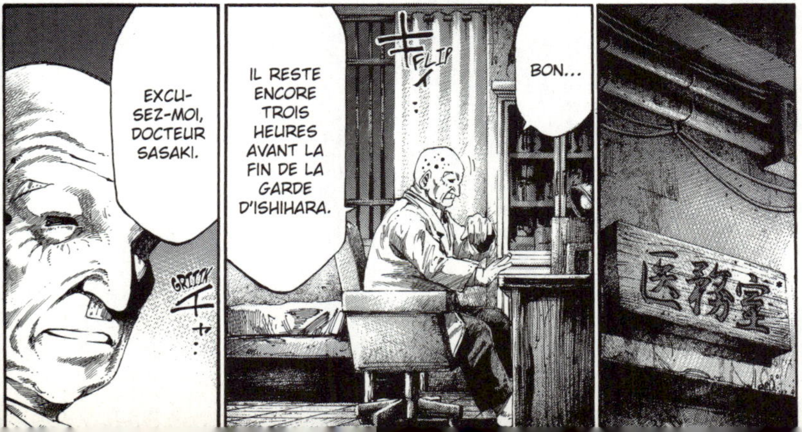

*INFIRMERIE.

18 H 55

FINI.
GRIP
JUSTE À TEMPS.
CLING
CLING
VOILÀ LE DÎNER.
GLOP
AAA-AH !!
J'AI... J'AI MAL !!
!!
VLAM
HÉ, QU'EST-CE QUI SE PASSE LÀ-DEDANS ?!

NE VOUS INQUIÉTEZ PAS.
LA PORTE SERA OUVERTE.
L'ÂME ET LE CORPS DE JOE NE POUVAIENT PLUS ÊTRE SOUILLÉS DAVANTAGE. ET PUIS, POUR LUI, LA SEULE CHOSE QUI AVAIT DE L'IMPORTANCE, C'ÉTAIT LA VIE D'ANCHAN. ET LORSQU'IL DIT AUX AUTRES QU'IL ÉTAIT PRÊT À ALLER BRAVER LE DOCTEUR SASAKI, LE BLEU DE SES YEUX SE FIT PLUS CLAIR QUE JAMAIS.

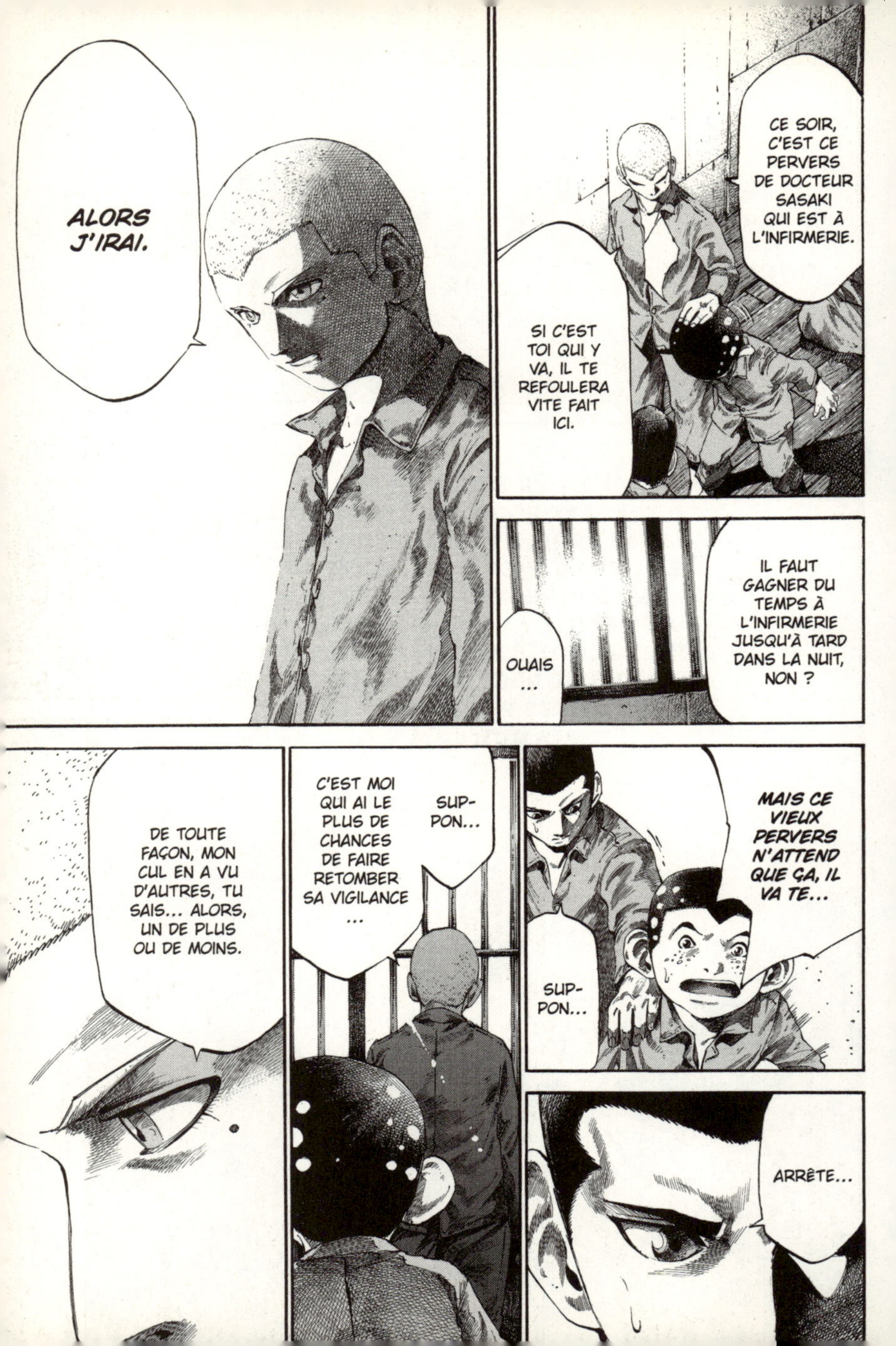
CE SOIR, C'EST CE PERVERS DE DOCTEUR SASAKI QUI EST À L'INFIRMERIE.
SI C'EST TOI QUI Y VA, IL TE REFOULERA VITE FAIT ICI.
IL FAUT GAGNER DU TEMPS À L'INFIRMERIE JUSQU'À TARD DANS LA NUIT, NON ?
OUAIS ...
ALORS J'IRAI.
MAIS CE VIEUX PERVERS N'ATTEND QUE ÇA, IL VA TE...
SUP-PON...
ARRÊTE...
SUP-PON...
C'EST MOI QUI AI LE PLUS DE CHANCES DE FAIRE RETOMBER SA VIGILANCE ...
DE TOUTE FAÇON, MON CUL EN A VU D'AUTRES, TU SAIS... ALORS, UN DE PLUS OU DE MOINS.

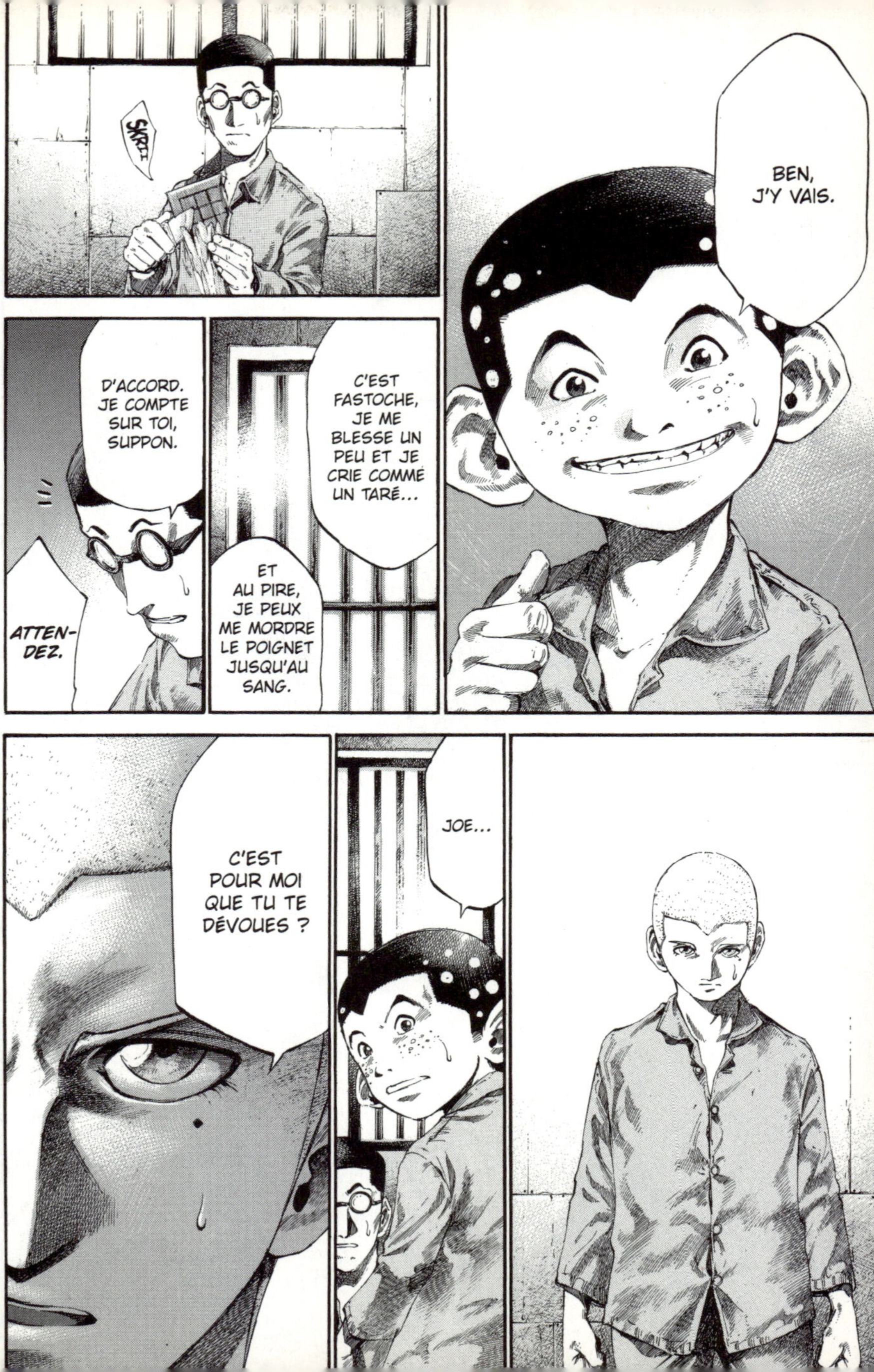
BEN, J'Y VAIS.
SKRII
C'EST FASTOCHE, JE ME BLESSE UN PEU ET JE CRIE COMME UN TARÉ...
ET AU PIRE, JE PEUX ME MORDRE LE POIGNET JUSQU'AU SANG.
D'ACCORD. JE COMPTE SUR TOI, SUPPON.
ATTEN-DEZ.
JOE...
C'EST POUR MOI QUE TU TE DÉVOUES ?

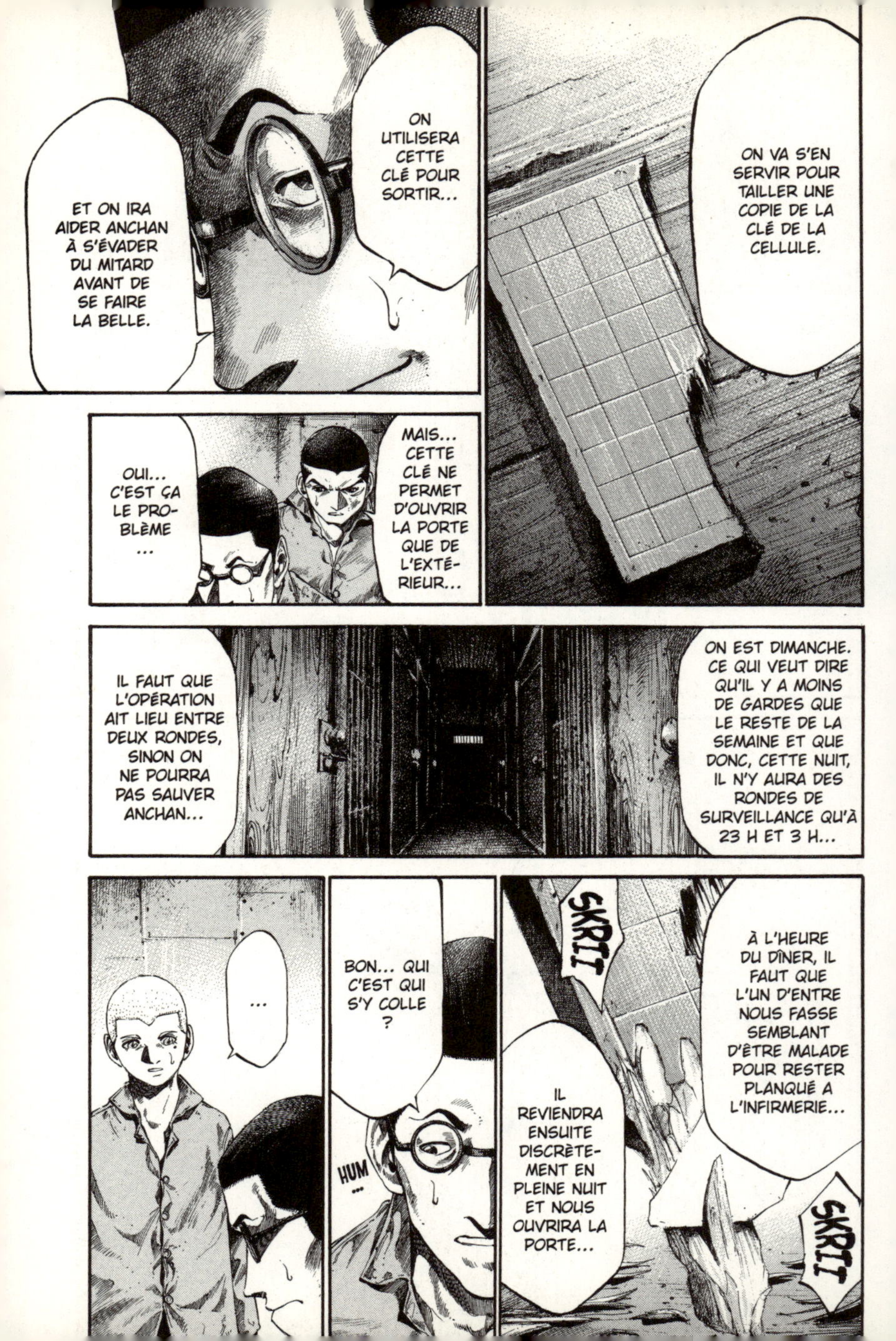
ON VA S'EN SERVIR POUR TAILLER UNE COPIE DE LA CLÉ DE LA CELLULE.
ON UTILISERA CETTE CLÉ POUR SORTIR...
ET ON IRA AIDER ANCHAN À S'ÉVADER DU MITARD AVANT DE SE FAIRE LA BELLE.
MAIS... CETTE CLÉ NE PERMET D'OUVRIR LA PORTE QUE DE L'EXTÉRIEUR...
OUI... C'EST ÇA LE PROBLÈME...
ON EST DIMANCHE. CE QUI VEUT DIRE QU'IL Y A MOINS DE GARDES QUE LE RESTE DE LA SEMAINE ET QUE DONC, CETTE NUIT, IL N'Y AURA DES RONDES DE SURVEILLANCE QU'À 23 H ET 3 H...
IL FAUT QUE L'OPÉRATION AIT LIEU ENTRE DEUX RONDES, SINON ON NE POURRA PAS SAUVER ANCHAN...
SKRIT
À L'HEURE DU DÎNER, IL FAUT QUE L'UN D'ENTRE NOUS FASSE SEMBLANT D'ÊTRE MALADE POUR RESTER PLANQUÉ A L'INFIRMERIE...
IL REVIENDRA ENSUITE DISCRÈTEMENT EN PLEINE NUIT ET NOUS OUVRIRA LA PORTE...
SKRIT
BON... QUI C'EST QUI S'Y COLLE ?
HUM...
...

*QUARTIER 2 CELLULE 6.

FRP
HÉ, POURQUOI T'AS AUTANT DE BOUFFE ?
J'EN SAIS RIEN ! ARRÊTE TES CONNERIES !
UNE BAGARRE ?
OOH
OOH!
OOH
HÉ, J'VOIS RIEN !
HÉ, VOUS LÀ !
QU'EST-CE QUE VOUS FOUTEZ ?
ARRÊTEZ TOUT CE BOUCAN ET ASSEYEZ-VOUS GENTIMENT !
SINON, CE SERA UNE SANCTION !
CLING
FROP
BLING

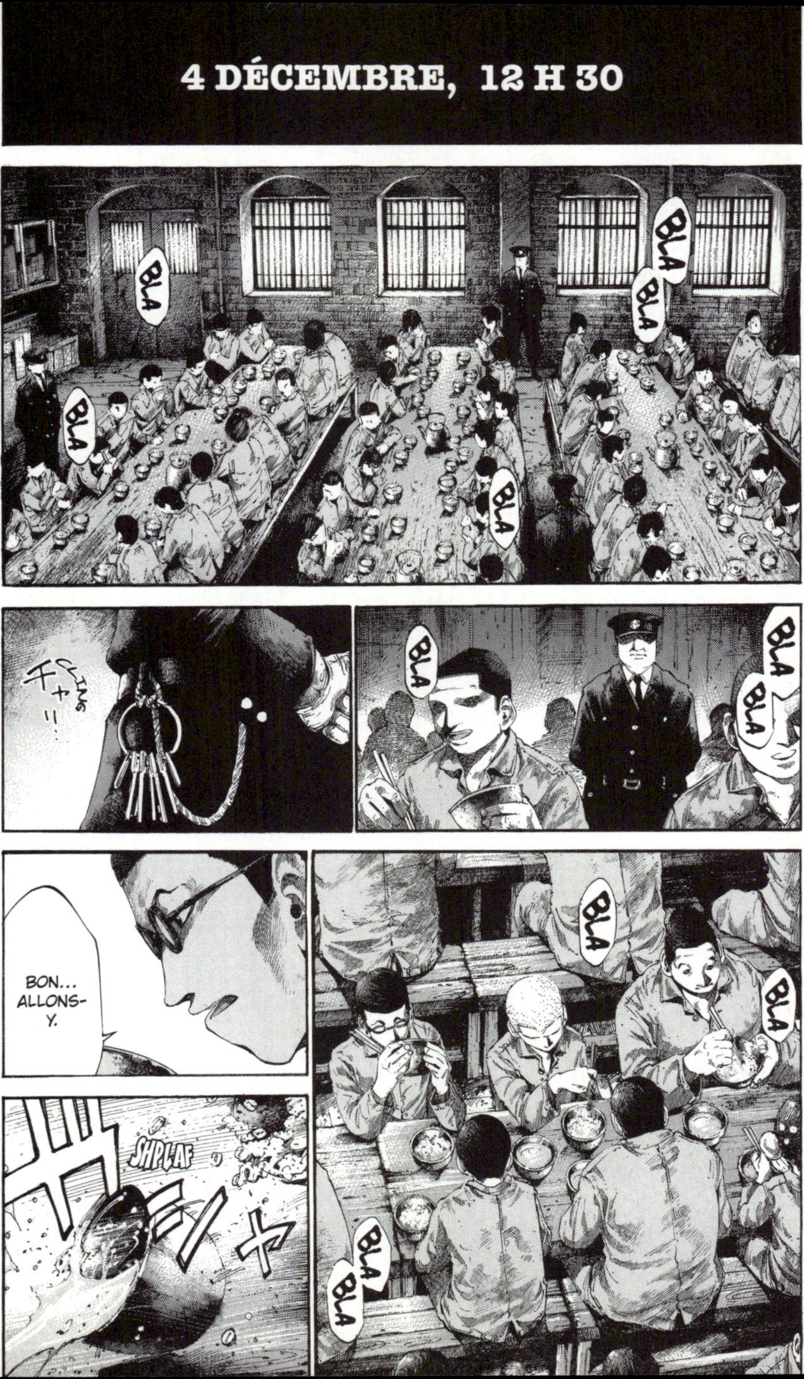
4 DÉCEMBRE, 12 H 30
BLA
BLA
BLA
BLA
BLA
BLA
BLA
BLA
CLING
BLA
BLA
BLA
BLA
BON... ALLONS-Y.
SHPLAF

CRIME 28. Black sheep

4
DÉCEMBRE

DÉBUT DE
L'OPÉRATION
D'ÉVASION

CRII
SORTEZ… C'EST L'HEURE DE MANGER.
*QUARTIER 2 CELLULE 6
SOIS PATIENT, ANCHAN…
ON VA TE SORTIR DE LÀ…

LES SIX JEUNES ÉTAIENT PRÊTS
À TOUT POUR ANCHAN, CELUI
QUI LEUR AVAIT MONTRÉ POUR
LA PREMIÈRE FOIS LA FORCE
DE L'AMITIÉ. NE PENSANT PAS
UNE SECONDE À LEURS PROPRES
INTÉRÊTS, ILS ÉTAIENT DÉCIDÉS
À METTRE LEUR VIE EN JEU DANS
CE NOUVEAU COMBAT.

CE SERAIT COOL QU'ON SOIT...
TOUS DEHORS D'ICI DEUX ÉTÉS.
ON VA...
RÉUSSIR ...

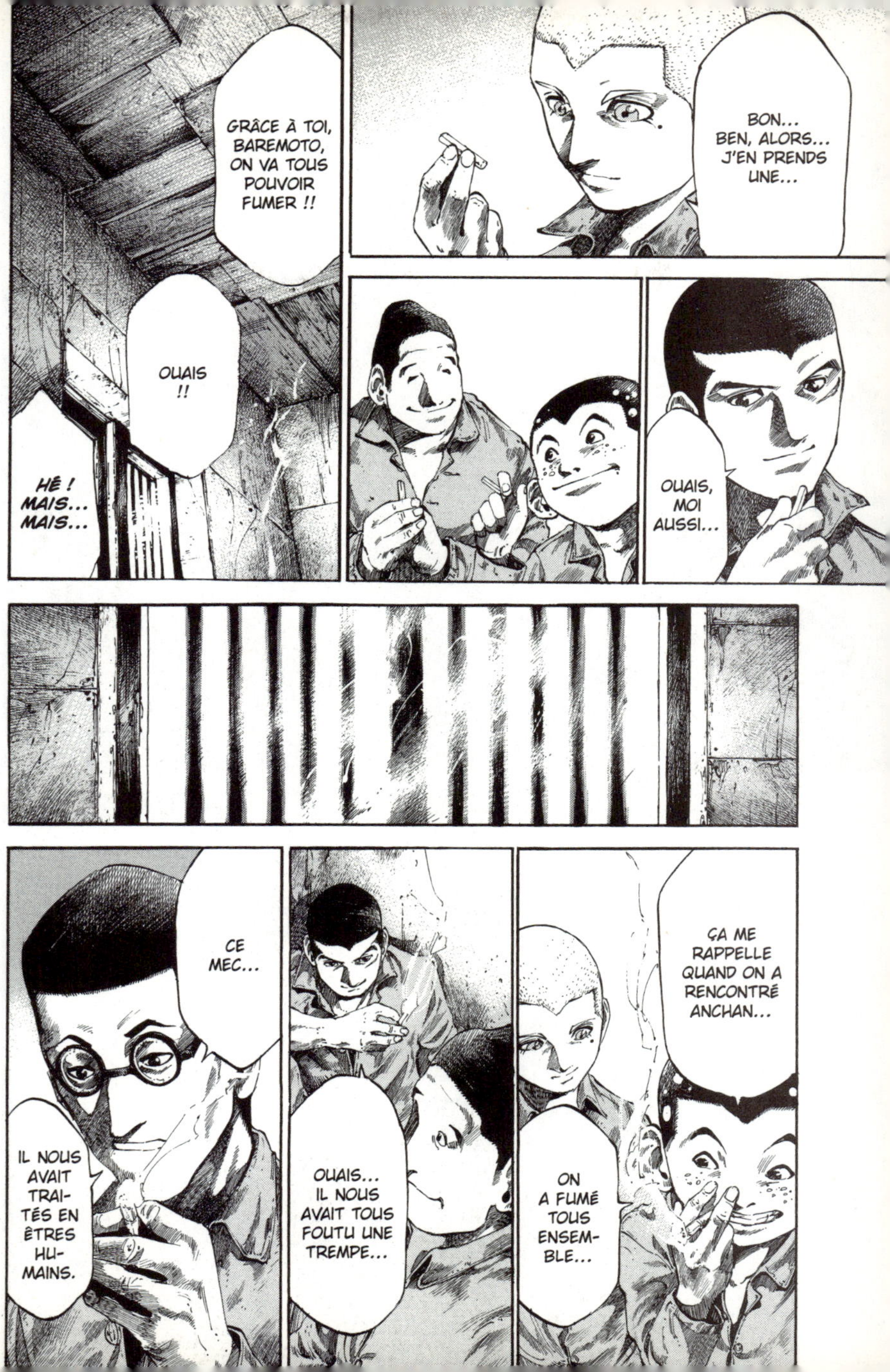
BON… BEN, ALORS… J'EN PRENDS UNE…
OUAIS, MOI AUSSI…
GRÂCE À TOI, BAREMOTO, ON VA TOUS POUVOIR FUMER !!
OUAIS !!
HÉ ! MAIS… MAIS…
ÇA ME RAPPELLE QUAND ON A RENCONTRÉ ANCHAN…
ON A FUMÉ TOUS ENSEMBLE…
OUAIS… IL NOUS AVAIT TOUS FOUTU UNE TREMPE…
CE MEC…
IL NOUS AVAIT TRAITÉS EN ÊTRES HUMAINS.

C'EST POUR ANCHAN.
FUMEZ, JE MONTE LA GARDE.

L'ENFOIRÉ, IL EN AVAIT SIX !
BEN, ON S'EN PREND UNE CHACUN.
VOUS SAVEZ PAS LE MAL QUE JE ME SUIS DONNÉ POUR LES RÉCUPÉRER !
TIENS, MARIO. PRENDS-EN UNE.
QU'EST-QU'IL Y A ?
CELLE-LA...

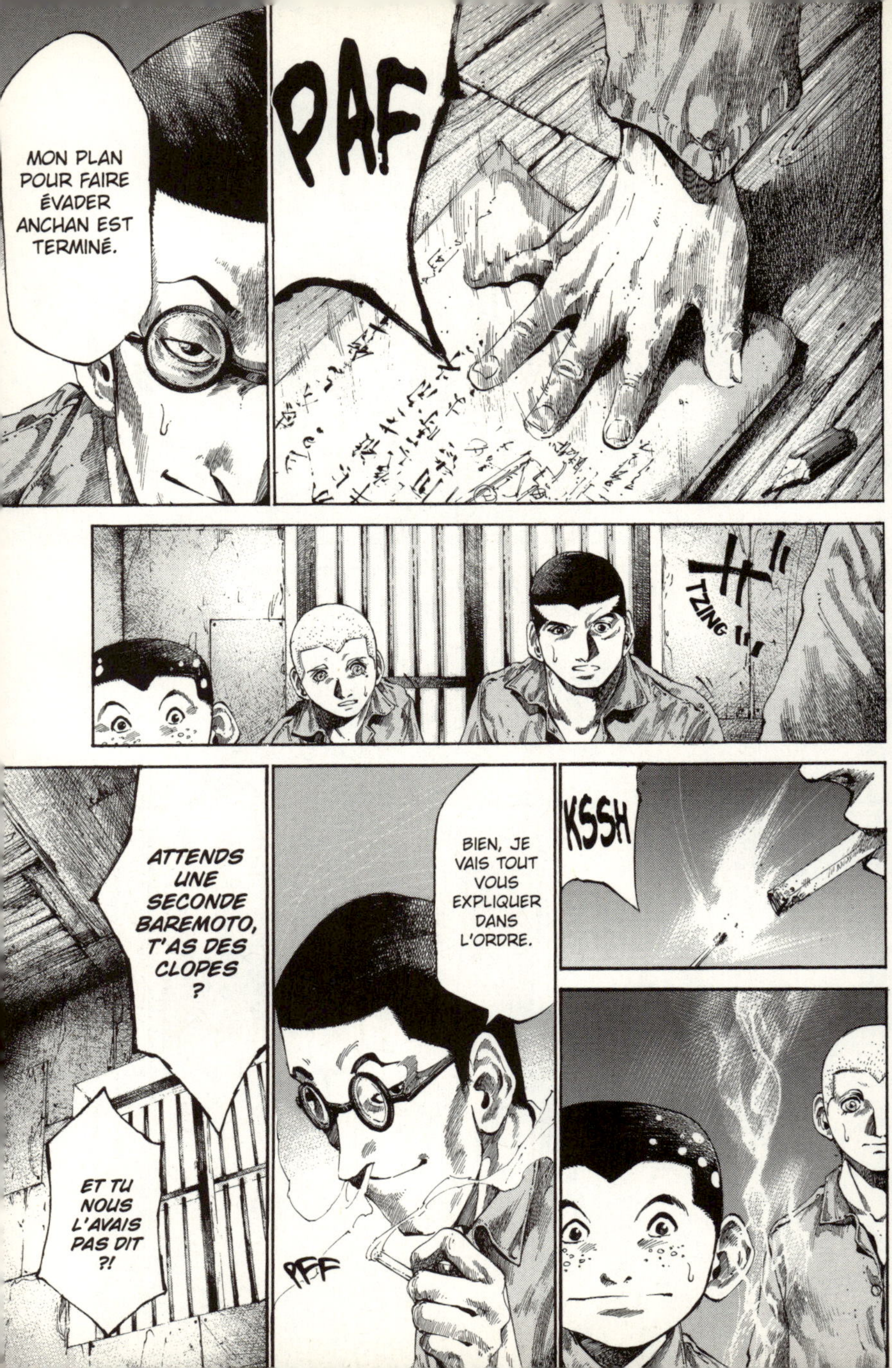
PAF
MON PLAN POUR FAIRE ÉVADER ANCHAN EST TERMINÉ.
TZING
KSSH
BIEN, JE VAIS TOUT VOUS EXPLIQUER DANS L'ORDRE.
ATTENDS UNE SECONDE BAREMOTO, T'AS DES CLOPES ?
ET TU NOUS L'AVAIS PAS DIT ?!
PFF

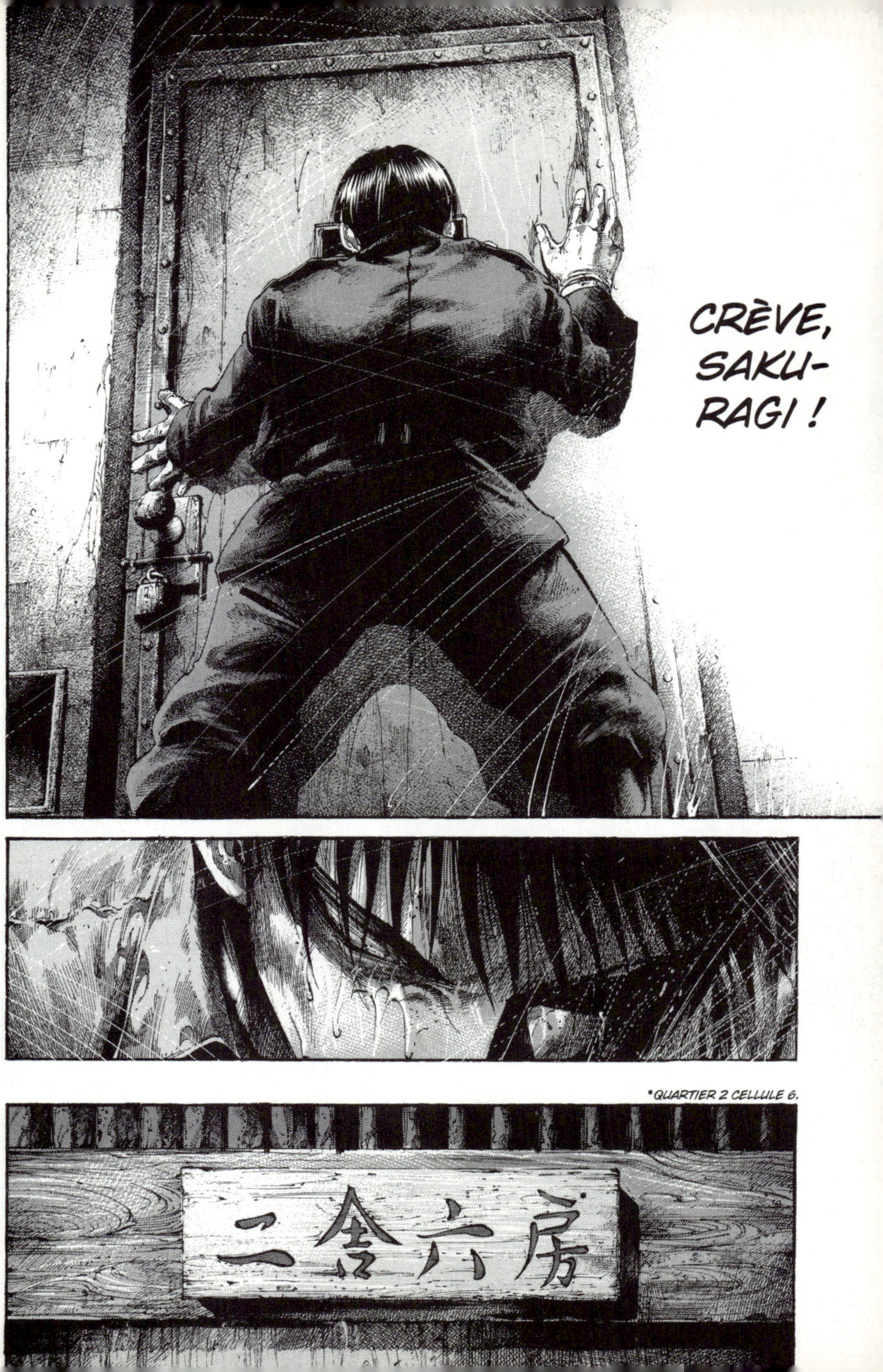
CRÈVE, SAKU-RAGI !
*QUARTIER 2 CELLULE 6.
二舎六房

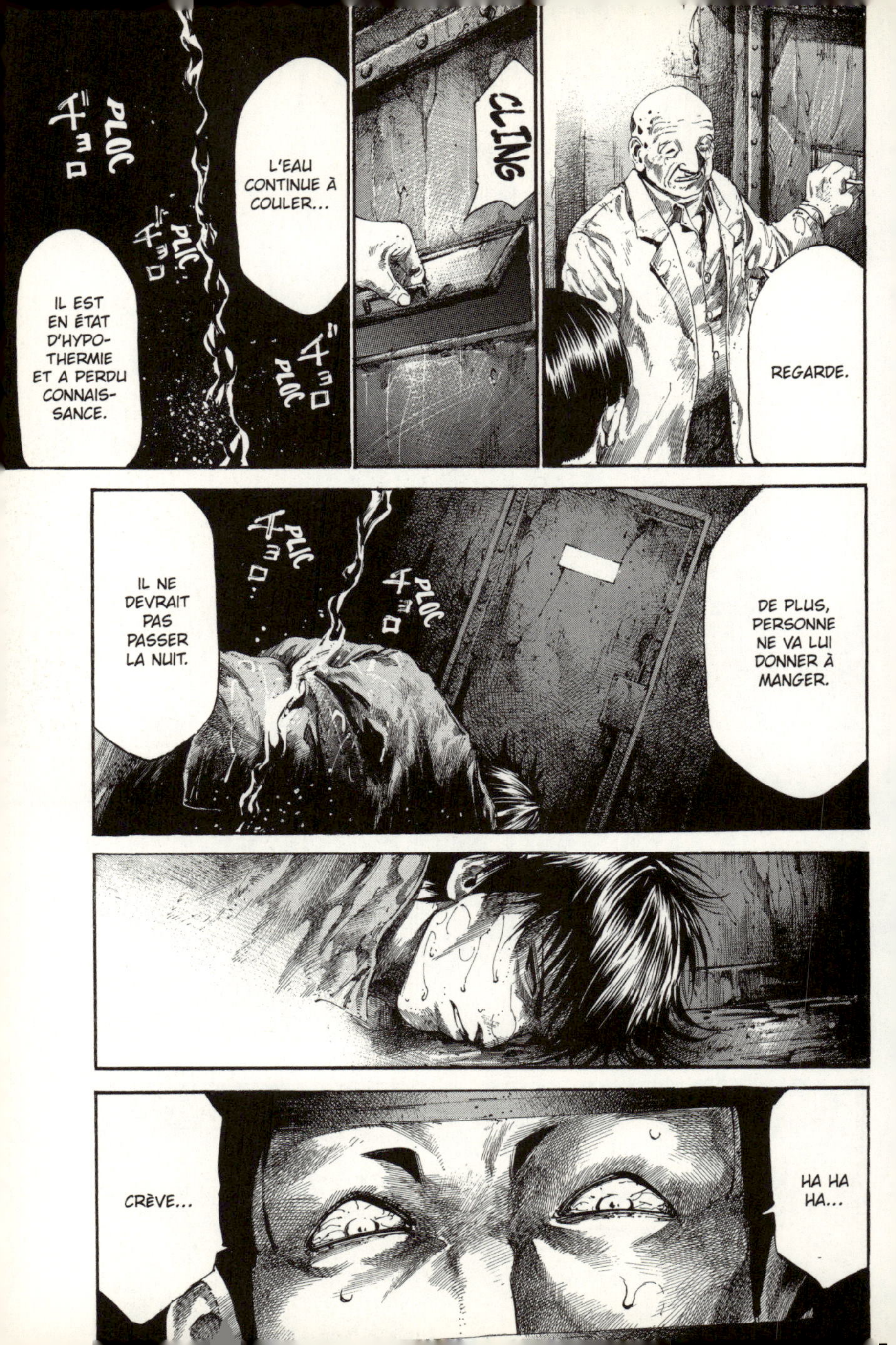
REGARDE.
CLING
L'EAU CONTINUE À COULER...
PLOC
PLIC
PLOC
IL EST EN ÉTAT D'HYPOTHERMIE ET A PERDU CONNAISSANCE.
DE PLUS, PERSONNE NE VA LUI DONNER À MANGER.
PLOC
PLIC
IL NE DEVRAIT PAS PASSER LA NUIT.
HA HA HA...
CRÈVE...

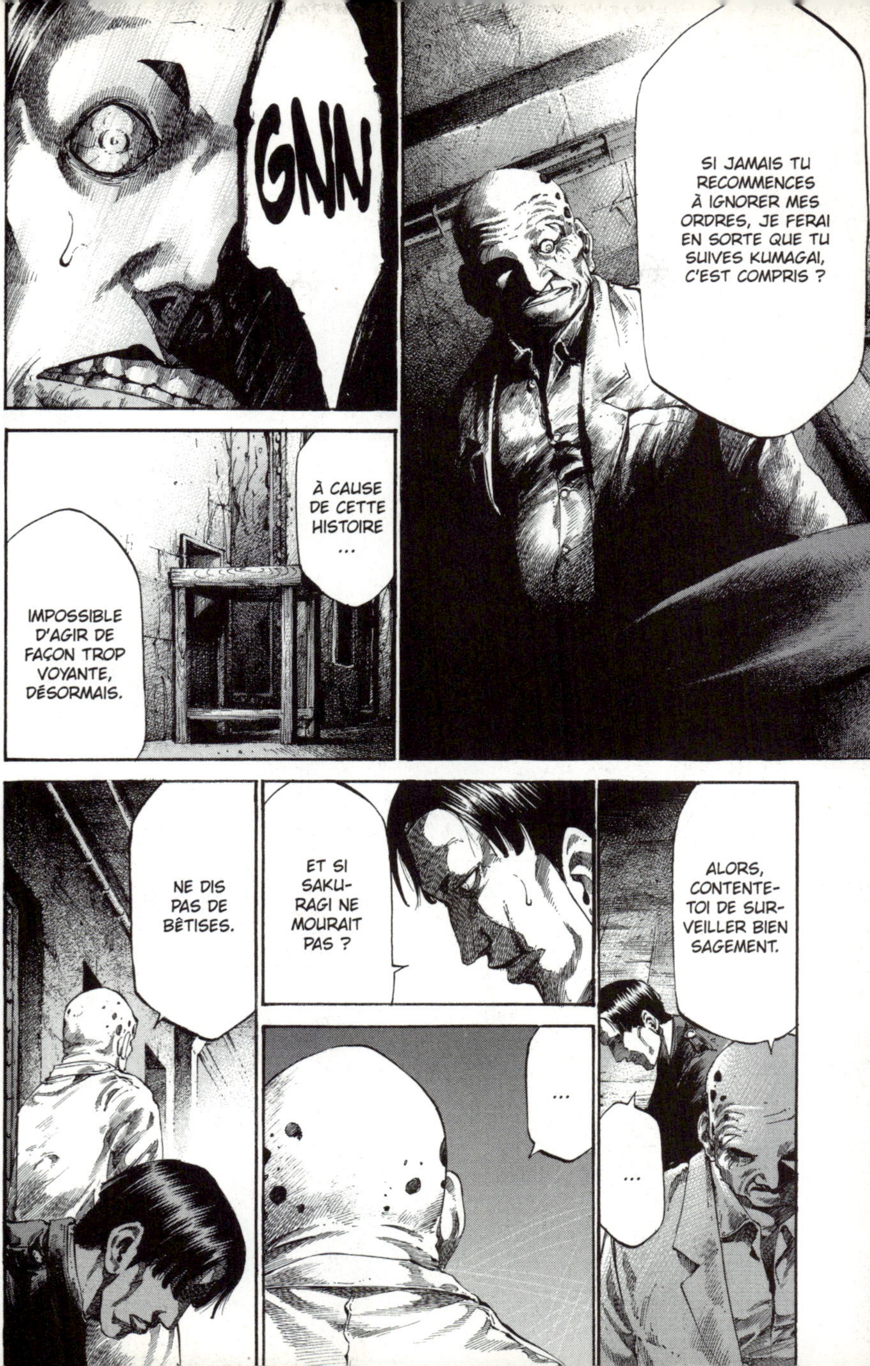
SI JAMAIS TU RECOMMENCES À IGNORER MES ORDRES, JE FERAI EN SORTE QUE TU SUIVES KUMAGAI, C'EST COMPRIS ?
GNIN
À CAUSE DE CETTE HISTOIRE ...
IMPOSSIBLE D'AGIR DE FAÇON TROP VOYANTE, DÉSORMAIS.
ALORS, CONTENTE-TOI DE SURVEILLER BIEN SAGEMENT.
ET SI SAKURAGI NE MOURAIT PAS ?
NE DIS PAS DE BÊTISES.
...
...

MOI, JE VIENS DÉJÀ D'EN TUER UN...
C'EST PAS CE QUE J'APPELLE UNE SITUATION AGRÉABLE !
TU VEUX PARLER DU CAS KUMAGAI...
?
JUSTEMENT, J'AVAIS À TE PARLER À CE SUJET...
PAF
QUI T'A DEMANDÉ DE LE SUPPRIMER, CRÉTIN ?
SI TU T'ÉTAIS MÊLÉ DE TON CUL, J'AURAIS PU LE FAIRE TRANSFÉRER LOIN, DANS UN AUTRE ÉTABLISSEMENT...
...

AH, TE VOILÀ, ISHIHARA.
DOCTEUR SASAKI...
INUTILE DE RONGER TON FREIN COMME ÇA... ATTENDONS BIEN SAGEMENT...
"BIEN SAGEMENT ?"
COMMENT POUVEZ-VOUS RESTER AUSSI CALME ?!
VLAM

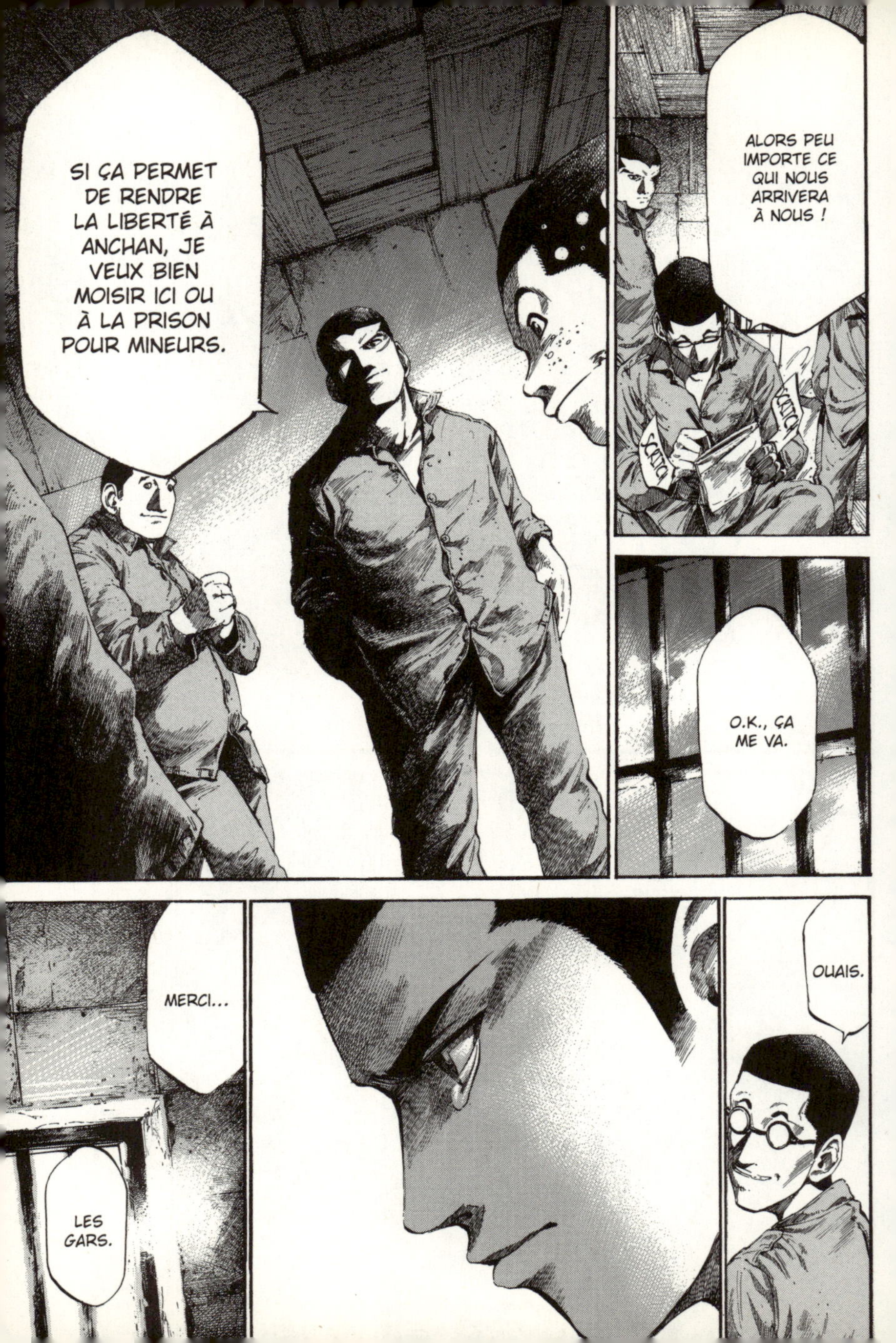
SI ÇA PERMET DE RENDRE LA LIBERTÉ À ANCHAN, JE VEUX BIEN MOISIR ICI OU À LA PRISON POUR MINEURS.
ALORS PEU IMPORTE CE QUI NOUS ARRIVERA À NOUS !
SCRITCH
SCRITCH
O.K., ÇA ME VA.
MERCI...
LES GARS.
OUAIS.

JE VAIS TOUT DE SUITE DRESSER UN PLAN.
VOUS RISQUEZ DE GAFFER SI JE VOUS LAISSE PRÉPARER L'ÉVASION.
BARE-MOTO !
À CAUSE DE TA BLESSURE, TU NE PEUX PAS FAIRE GRAND-CHOSE, MARIO...
HEIN ?
ALORS, NOUS DEUX, ON VA S'OCCUPER DE TOUT CE QUI NÉCESSITE DE LA FORCE.
OUAIS.
VOUS AVEZ BESOIN DE MATOS ?
SI C'EST LE CAS, ON S'EN CHARGE.
LES GARS...
JE VOUS PRÉ-VIENS TOUT DE SUITE, CE PLAN SERA PRÉVU POUR FAIRE ÉVADER ANCHAN UNI-QUEMENT...

DIS PAS DE CONNERIES, MARIO. TU SAIS BIEN QU'ANCHAN N'A PLUS QUE QUATRE JOURS À TIRER.
T'AS PAS ENCORE COMPRIS QU'ISHIHARA ET SASAKI N'AVAIENT PAS L'INTENTION DE LAISSER ANCHAN PARTIR D'ICI VIVANT ?
SI ON SE FAIT PINCER, ON RISQUE D'ÊTRE EN-VOYÉS DANS UNE PRISON POUR MINEURS, CETTE FOIS.
3
MAIS NOUS N'AVONS QU'UNE SEULE SOLUTION... L'ÉVASION.
COMMENT TU COMPTES FAIRE ?
EH BIEN...
T'Y AS PAS RÉFLÉCHI ?

NOUS ALLONS FAIRE SORTIR ANCHAN D'ICI !
CRIME 27. A million to one

* MAISON DE REDRESSEMENT DE SHÔNAN.

*QUARTIER 2 CELLULE 6.

NOUS ALLONS FAIRE SORTIR ANCHAN D'ICI !

MARIO, POURQUOI ON TE RAMÈNE SI TÔT ? ÇA VA, TA MAIN ?
ISHIHARA ET SASAKI SONT ICI.
ILS SE SONT DÉBARRASSÉS DE M'SIEUR KUMAGAI.
HEIN ?
ET ILS ONT L'INTENTION D'EN FINIR AVEC ANCHAN.
GNN
LE TEMPS PRESSE.
QUOI ?
À NOUS SIX...

二舎六房
*QUARTIER 2 CELLULE 6.
CRII...
VLAM
MARIO !!
HÉ, ÇA FAIT UN BAIL !

DANS LA LUEUR DU JOUR NAISSANT, MARIO SE JURAIT EN LUI-MÊME QU'IL NE LAISSERAIT PAS ISHIHARA TUER ANCHAN. CAR SI JAMAIS ANCHAN DEVAIT DÉCÉDER, CE SERAIT L'ÂME DES SIX JEUNES QUI MOURRAIT AVEC LUI.

J'AT-TENDRAI SAKU-RAGI...
À SA SORTIE ...

VRR VRR
VRR
CLING
C'EST PROMIS, MARIO ...
TCHAC

ANCHAN NE MOURRA PAS.

ÇA FAIT DEUX ANS QU'ANCHAN EST ENFERMÉ DANS LA MAISON DE REDRESSEMENT, C'EST ÇA ?
IL NE DOIT PLUS VRAIMENT AVOIR DE POTES À L'EXTÉRIEUR...
EN VÉRITÉ, ON AIMERAIT BIEN L'ACCOMPAGNER...
MAIS ON A TOUS ENCORE PLUS D'UN AN À RESTER ENTRE CES MURS.
J'AIMERAIS QUE VOUS ATTENDIEZ ANCHAN À SA SORTIE...
MINAKAMI ...
NE VOUS INQUIÉTEZ PAS.

VOUS VOUS APPELEZ COMMENT ?
?
SETSUKO ...
SETSUKO KOIKE...
SETSUKO ...
VOUS ÊTES AMOUREUSE D'ANCHAN, C'EST ÇA ?
QUOI ?!
NE ROUGISSEZ PAS, ÇA SE VOIT TOUT DE SUITE. ET PUIS, JOE L'AVAIT VU, LUI AUSSI...

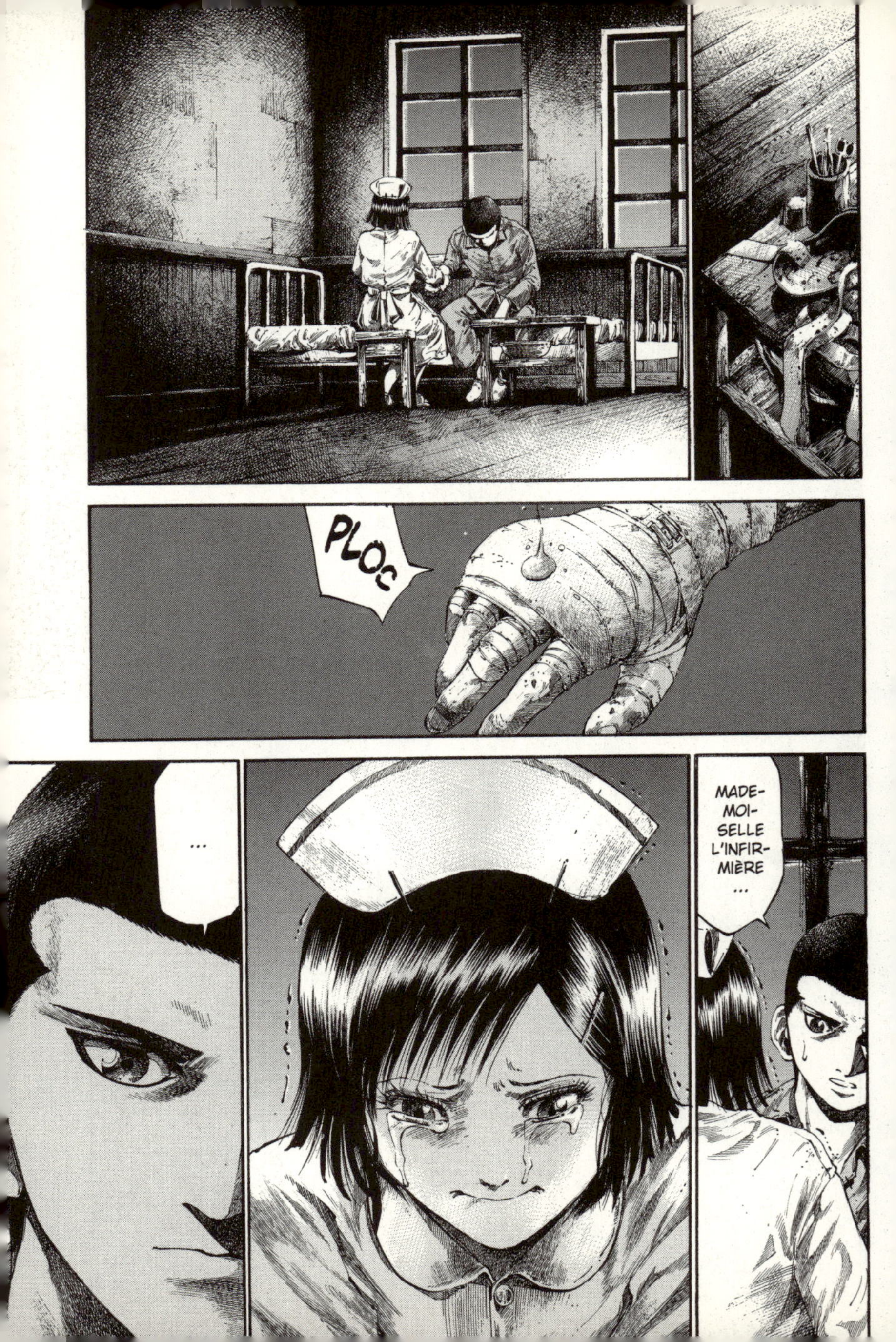
PLOC
MADE-MOISELLE L'INFIRMIÈRE ...
...

LAISSEZ-MOI D'ABORD CHANGER LES PANSEMENTS DE MINAKAMI.
DANS CE CAS, ON PARTIRA AU PETIT MATIN.
NOUS ATTENDRONS DANS LE CAMION.
VLAM

CRIT
EXCUSEZ-MOI...
OH ! MAIS C'EST...
M. ISHIHARA ...
QU'EST-CE QUE VOUS FAITES ICI EN PLEIN MILIEU DE LA NUIT ?
JE VIENS JUSTE CHERCHER MINAKAMI POUR LE RAMENER À LA MAISON DE REDRESSEMENT...
C'EST VRAIMENT TRISTE, CE QUI EST ARRIVÉ À M. KUMAGAI...
OUI...
ÇA VA ALLER ? SI JAMAIS JE POUVAIS VOUS ÊTRE UTILE, N'HÉSITEZ PAS...
C'EST GENTIL DE VOTRE PART.
QUE DIRIEZ-VOUS DE M'ACCOMPAGNER DANS LE CAMION ?
SI VOUS VOULEZ, JE POURRAIS RESTER LÀ-BAS 2 OU 3 JOURS.
EUH...

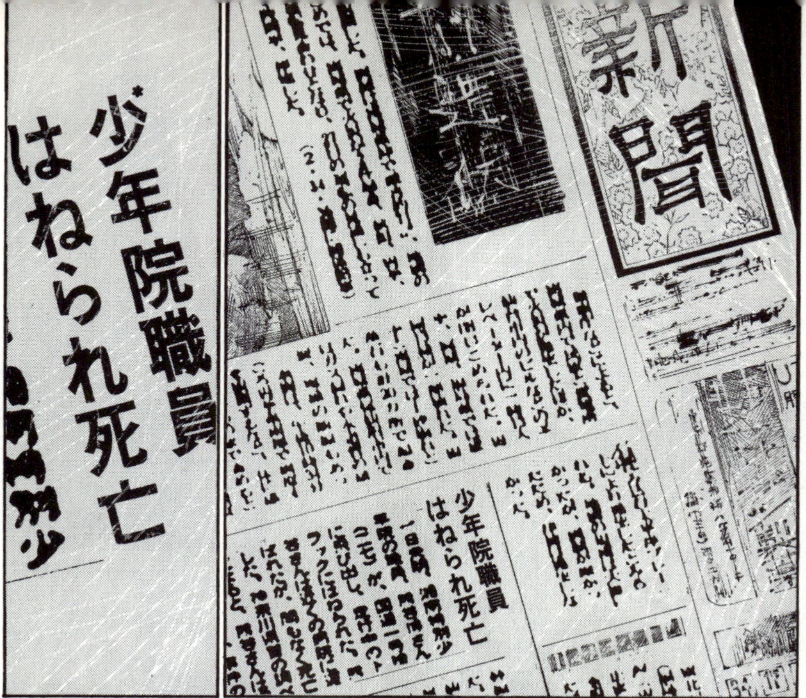

*UN GARDIEN DE LA MAISON DE REDRESSEMENT DE SHÔNAN MEURT RENVERSÉ PAR UNE VOITURE.

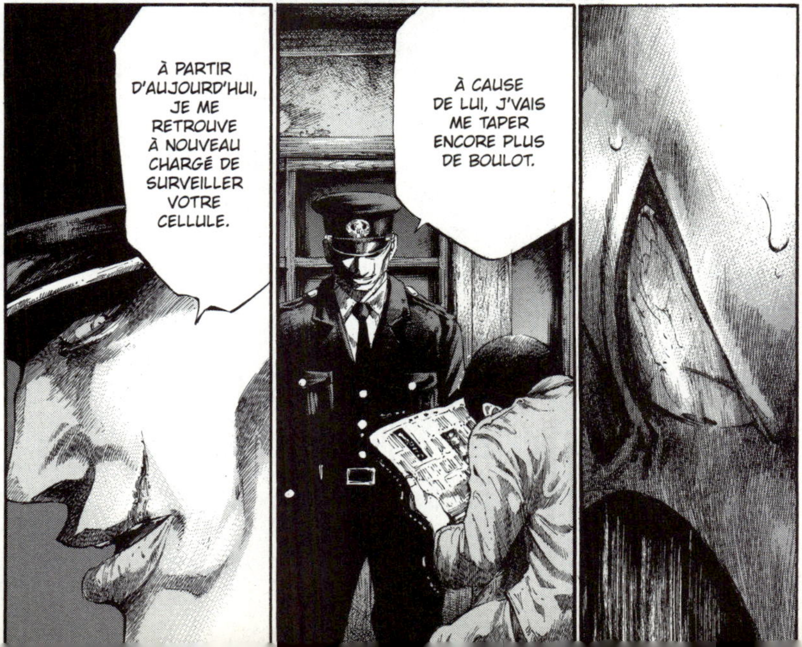

C'EST M'SIEUR KUMAGAI QUI DEVAIT VENIR...
JE VOIS... C'EST VRAI QU'ICI, TU N'AS PAS PU LIRE L'ÉDITION DU SOIR...
HE HE !
?
ENFIN, C'EST DE SA FAUTE. ON NE TRAVERSE PAS LA ROUTE BOURRÉ COMME UN COCHON.
?
QU'EST-CE QUE VOUS DITES ?
M'SIEUR KUMAGAI, IL EST...

ISHIHARA
...
TAC
BEN ALORS, VIENS, MINAKAMI. TU VOULAIS SORTIR DE L'HÔPITAL, NON ?

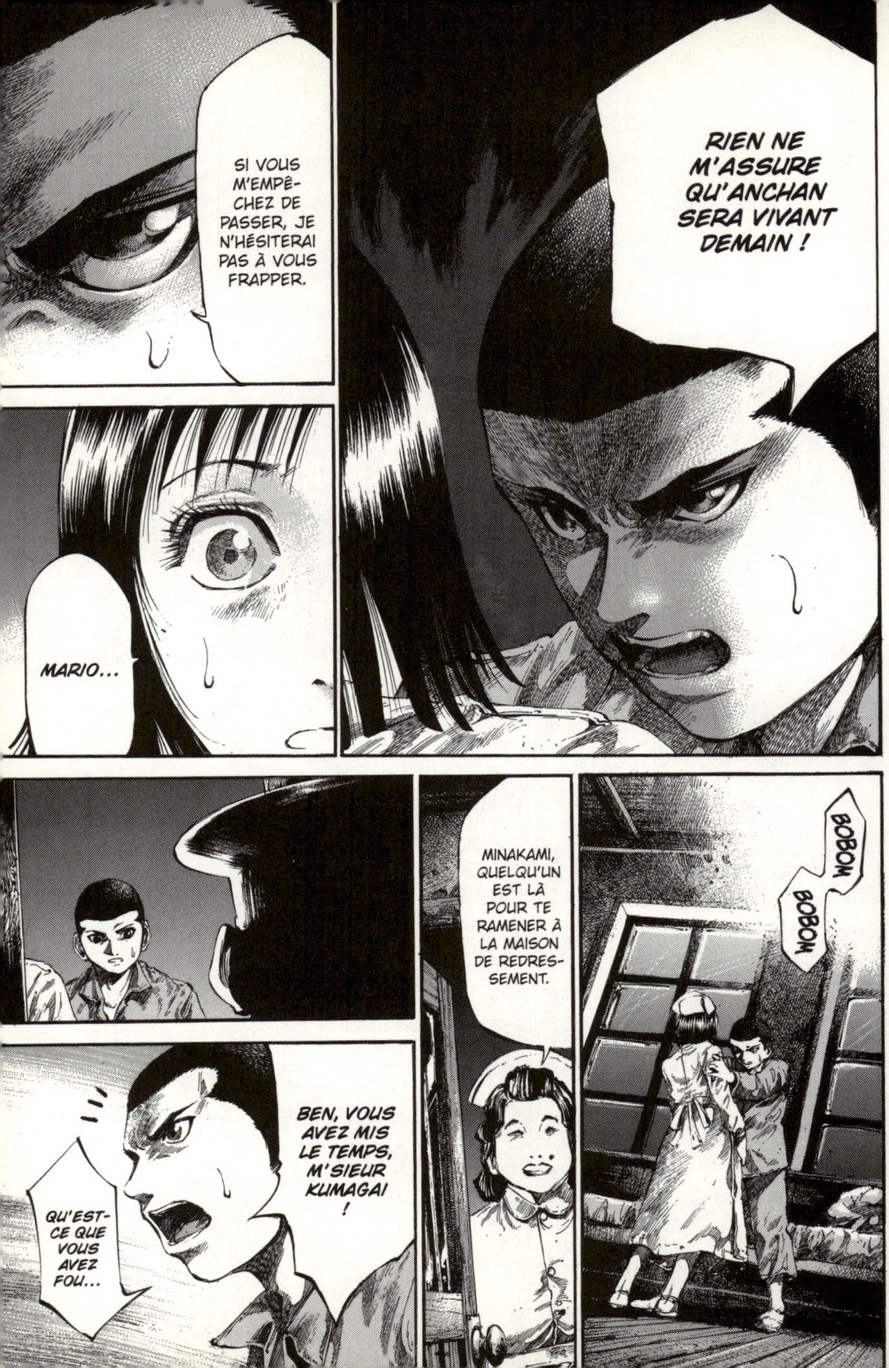
RIEN NE M'ASSURE QU'ANCHAN SERA VIVANT DEMAIN !
SI VOUS M'EMPÊCHEZ DE PASSER, JE N'HÉSITERAI PAS À VOUS FRAPPER.
MARIO...
BOBOM BOBOM
MINAKAMI, QUELQU'UN EST LÀ POUR TE RAMENER À LA MAISON DE REDRESSEMENT.
BEN, VOUS AVEZ MIS LE TEMPS, M'SIEUR KUMAGAI !
QU'EST-CE QUE VOUS AVEZ FOU...

CE PUTAIN DE KUMAGAI, IL DEVAIT VENIR ME CHERCHER À MIDI !
CALME-TOI, MARIO...
IL A PEUT-ÊTRE EU UN CONTRE-TEMPS...
JE N'AI PAS DE TEMPS À PERDRE. CHAQUE MINUTE COMPTE...
ET C'EST DÉJÀ LE SOIR !
ZASH
MAIS... MARIO... OÙ TU VAS COMME ÇA ?
JE RETOURNE À LA MAISON DE REDRES-SEMENT.
FAIS PAS L'IDIOT ! TU SAIS BIEN QUE TU NE PEUX PAS SORTIR SANS ÊTRE ACCOM-PAGNÉ PAR QUELQU'UN !
GRAP
ON VERRA DEMAIN ...

CRIME 26. Zaephyr skie's theme

BORDEL, QU'EST-CE QU'IL FAIT ?
IL AURAIT DÛ ÊTRE LÀ IL Y A DEUX HEURES …
VOUS EN METTEZ UN TEMPS…
M'SIEUR KUMAGAI …

17

L'EAU...
OH...

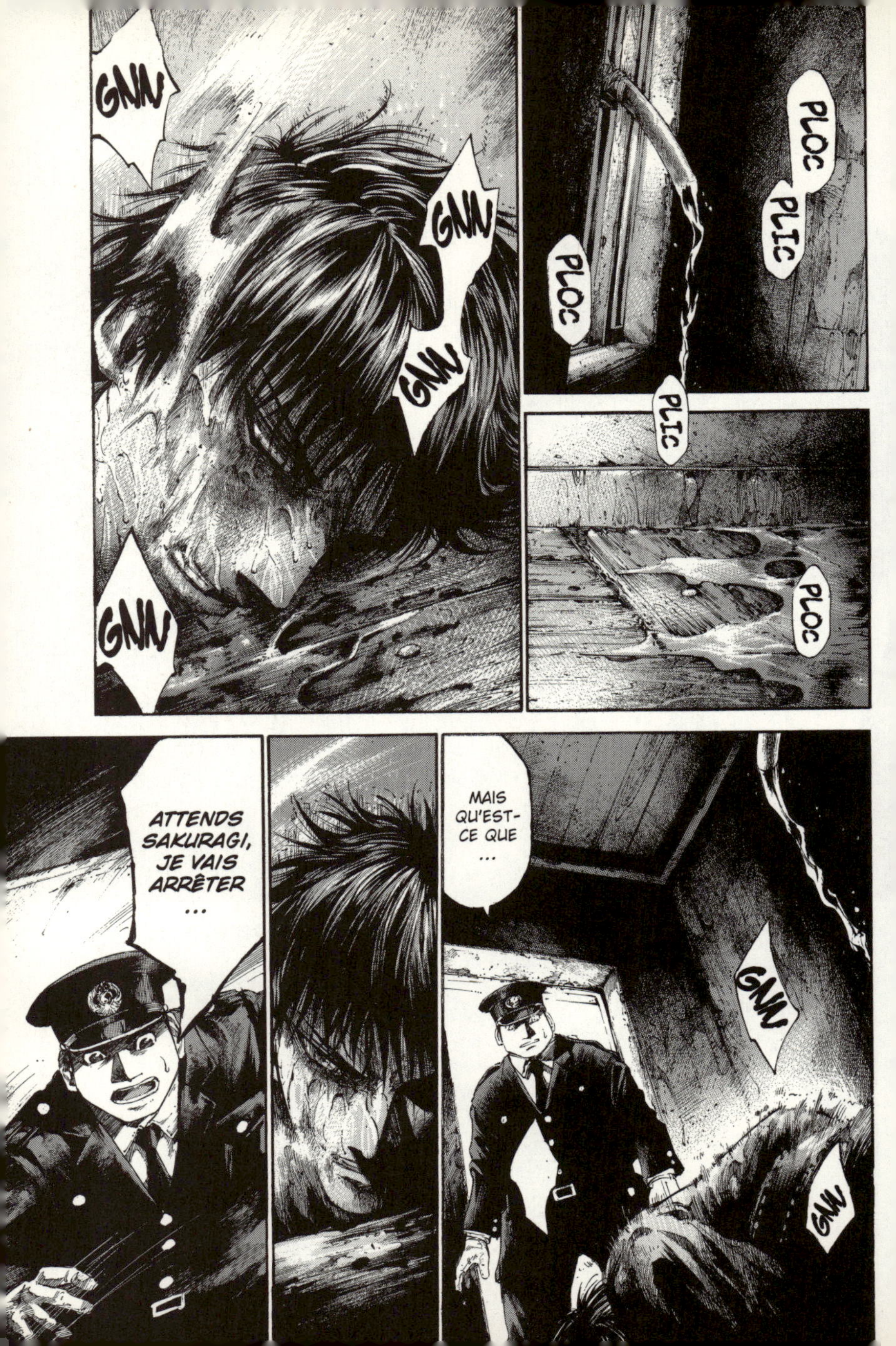
PLOC
PLIC
PLOC
PLIC
PLOC
GNN
GNN
GNN
GNN
MAIS QU'EST-CE QUE ...
GNN
GNN
ATTENDS SAKURAGI, JE VAIS ARRÊTER ...

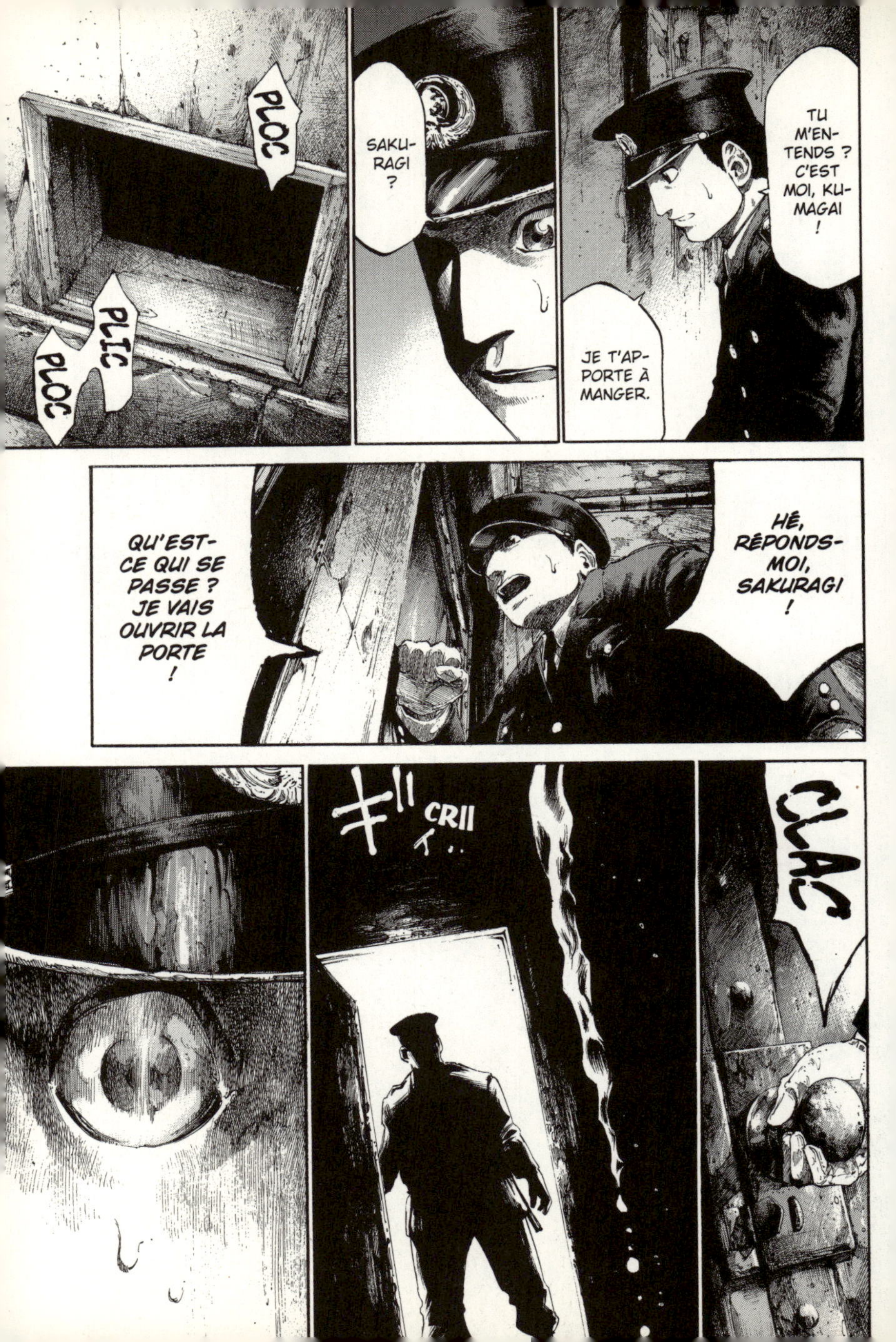
TU M'ENTENDS ? C'EST MOI, KUMAGAI !
JE T'APPORTE À MANGER.
SAKURAGI ?
PLOC
PLIC
PLOC
HÉ, RÉPONDS-MOI, SAKURAGI !
QU'EST-CE QUI SE PASSE ? JE VAIS OUVRIR LA PORTE !
CLAC
CRII

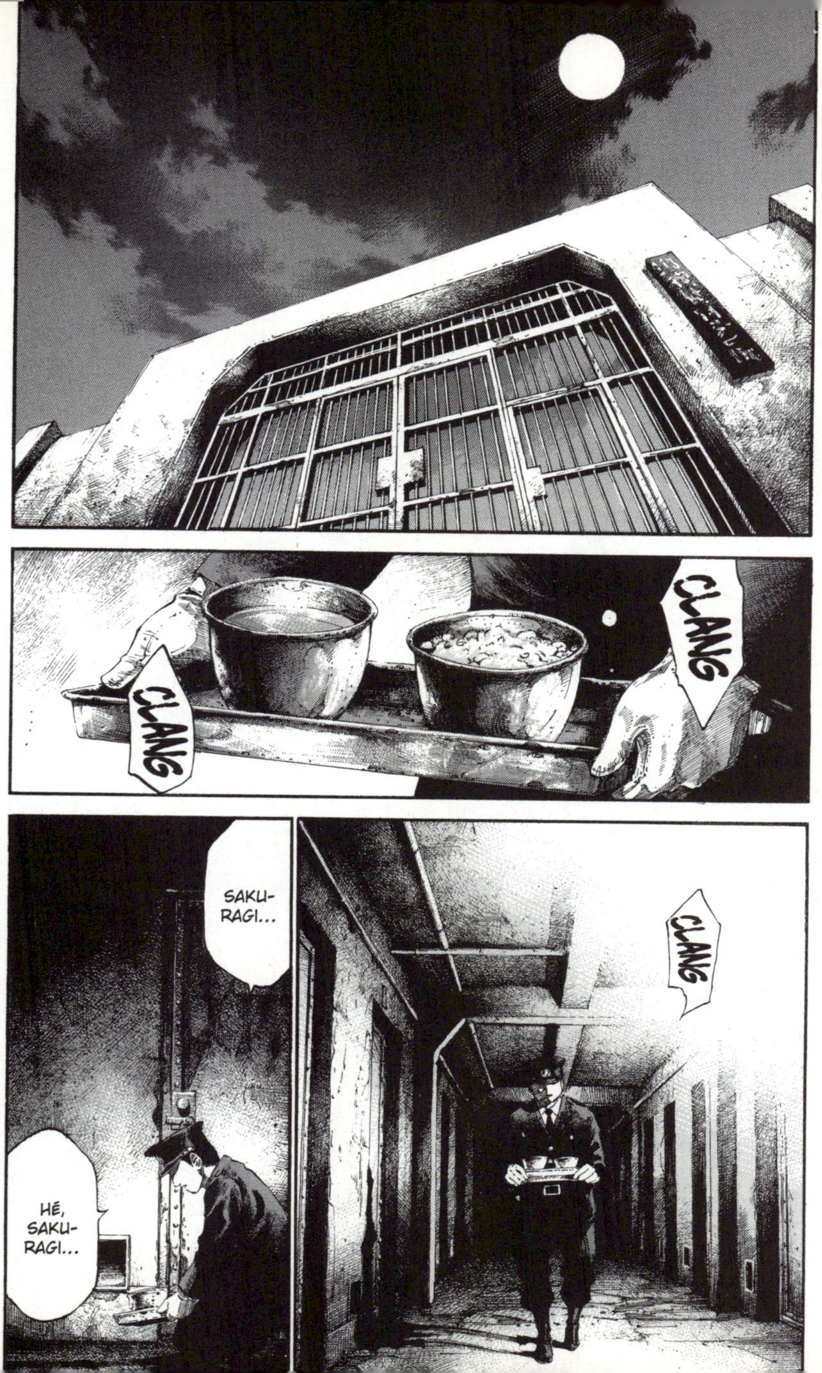
CLANG
CLANG
CLANG
SAKU-RAGI...
HÉ, SAKU-RAGI...

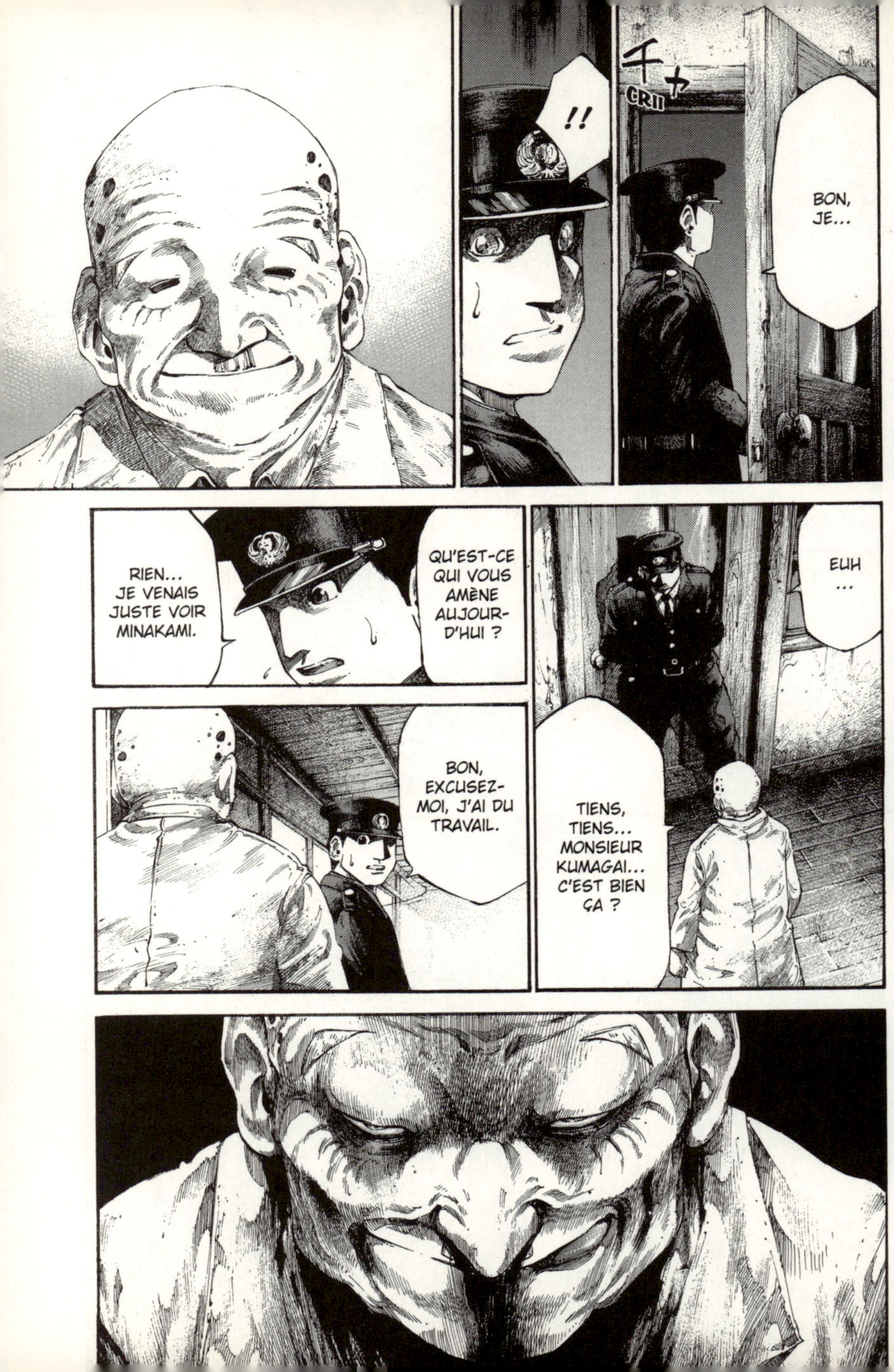
チャ
CRII
BON, JE...
!!
EUH ...
TIENS, TIENS... MONSIEUR KUMAGAI... C'EST BIEN ÇA ?
QU'EST-CE QUI VOUS AMÈNE AUJOURD'HUI ?
RIEN... JE VENAIS JUSTE VOIR MINAKAMI.
BON, EXCUSEZ-MOI, J'AI DU TRAVAIL.

LE CŒUR DE CES SIX JEUNES HOMMES ATTACHÉS À ANCHAN AVAIT FINI PAR FAIRE RÉAGIR KUMAGAI. “JE NE LAISSERAI PAS ISHIHARA EN FAIRE À SA GUISE.” PENSA LE GARDIEN. EN 1955, LORSQUE JE CROUPISSAIS DANS LES TRÉFONDS DE L’ENFER, JE N’AI HÉLAS JAMAIS RENCONTRÉ DE GARDIEN COMME LUI.

MINAKAMI, JE VIENDRAI TE CHERCHER DEMAIN À MIDI…
ET JE TE RAMÈNERAI À LA MAISON DE REDRESSEMENT.
JE NE LAISSERAI NI TOI NI SAKURAGI …
SE FAIRE TUER.
BIEN.
D'ACCORD.

ISHIHARA... ET LE DOCTEUR SASAKI...
SONT DE MÈCHE.
MAIS... CE N'EST PAS PO...
JE COMPRENDS QUE CELA PUISSE VOUS CHOQUER, MAIS C'EST LA VÉRITÉ.
LE DOCTEUR SASAKI AUSSI EST LIÉ À LA SÉRIE DE MAUVAIS TRAITEMENTS INFLIGÉS À SAKURAGI.

DEMAIN... JE RAMÈNE MINAKAMI À SA CELLULE.
MAIS...
SES BLES-SURES NE SONT PAS ENCORE GUÉRIES...
IL POUR-RAIT...
MAIS S'IL RESTE ICI...
IL RISQUE D'EN SUBIR D'AUTRES.
COMMENT ÇA ?

SUPPON... A APPORTÉ UNE BOULETTE DE RIZ...
À ANCHAN ?
OUI.
ET EN CE MOMENT, JE LUI APPORTE UN REPAS PAR JOUR, SANS ME FAIRE PRENDRE PAR ISHIHARA...
DE CETTE MANIÈRE, IL DEVRAIT POUVOIR TENIR SIX JOURS.
JE VOIS...
J'AI QUELQUE CHOSE À VOUS DIRE, MADEMOISELLE L'INFIRMIÈRE...

CLAC
ISHIHARA, JE T'EX-PLIQUERAI TOUT EN DÉTAIL, PLUS TARD ...
HÉ... MAIS ...

ISHIHARA... TU VAS ALLER CHERCHER UN TUYAU D'ARROSAGE...
UN TUYAU D'ARROSAGE ? MAIS POURQUOI FAIRE, BORDEL ?
LES CIRCONSTANCES EXIGENT QUE NOUS AYONS RECOURS À DES MOYENS PLUS RADICAUX.
VOUS VOULEZ QUE JE L'ÉTRANGLE AVEC LE TUYAU, C'EST ÇA ?
OH NON. IL NE FAUT PAS QU'IL AIT DE MARQUES.
FAIS-MOI CONFIANCE ...
...
IL NE FAUT PAS COMMETTRE D'ERREUR. SAKURAGI NE DOIT PAS SORTIR D'ICI VIVANT.
...

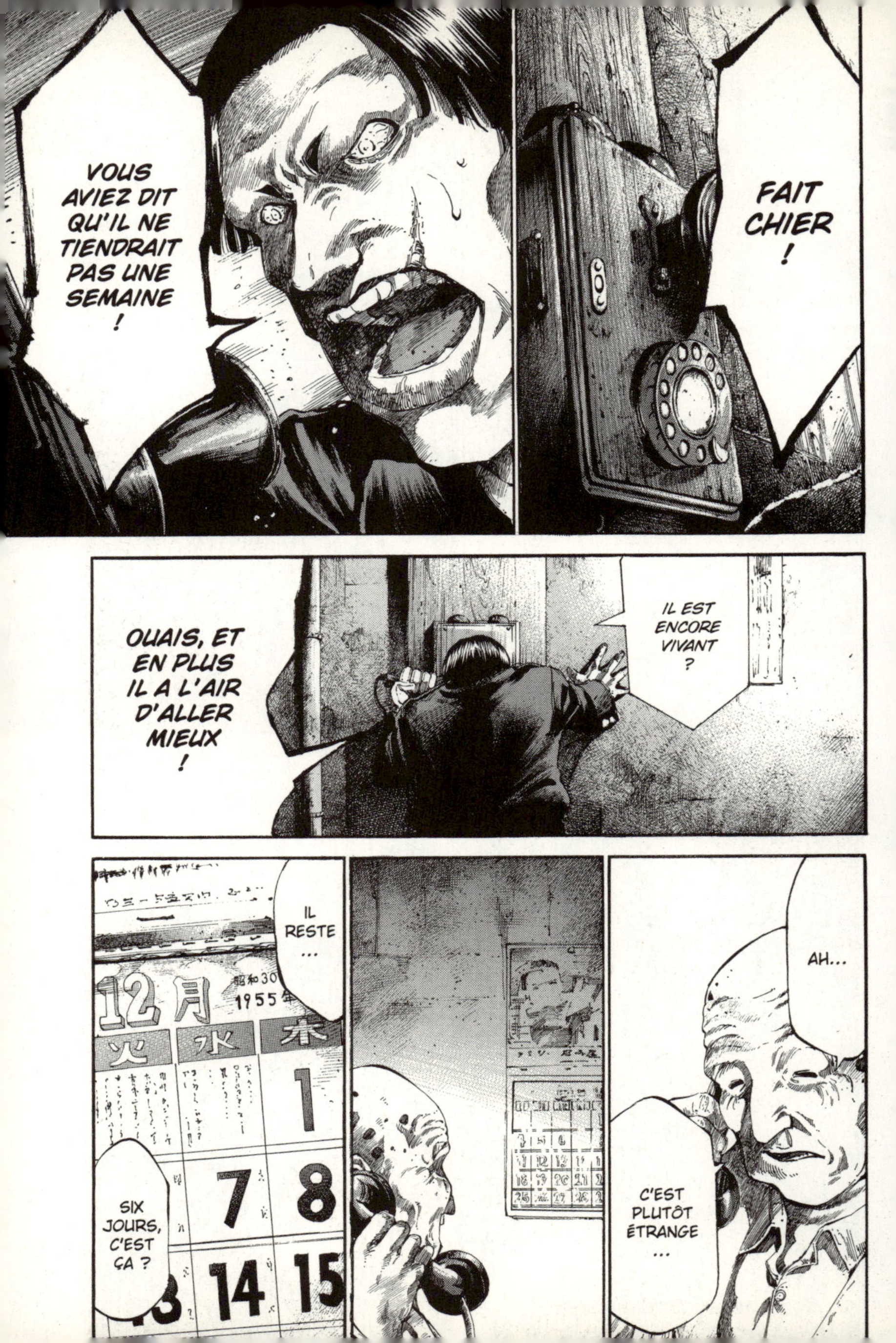
FAIT CHIER !
VOUS AVIEZ DIT QU'IL NE TIENDRAIT PAS UNE SEMAINE !
IL EST ENCORE VIVANT ?
OUAIS, ET EN PLUS IL A L'AIR D'ALLER MIEUX !
AH...
C'EST PLUTÔT ÉTRANGE...
IL RESTE...
SIX JOURS, C'EST ÇA ?
12月
昭和30
1955年

CRIME 25. Your turn is over

CRIME 25. Your turn is over

J'AIMERAIS BIEN ÊTRE AVEC EUX.

TU SAIS, JE ME SUIS FAIT DE NOUVEAUX AMIS ICI...
ILS ONT LEUR CARACTÈRE, MAIS...
JE LES AIME COMME DES FRÈRES.

CLING
QUEL FOUTEUR DE MERDE, CE PETIT CON…
ON VA BIEN LE MATER…
AH, HAGINO…
J'AI L'IMPRESSION QUE CE N'EST PAS ENCORE AUJOURD'HUI QUE JE VAIS VENIR TE REJOINDRE.

OUI...
C'EST DÉLICIEUX.

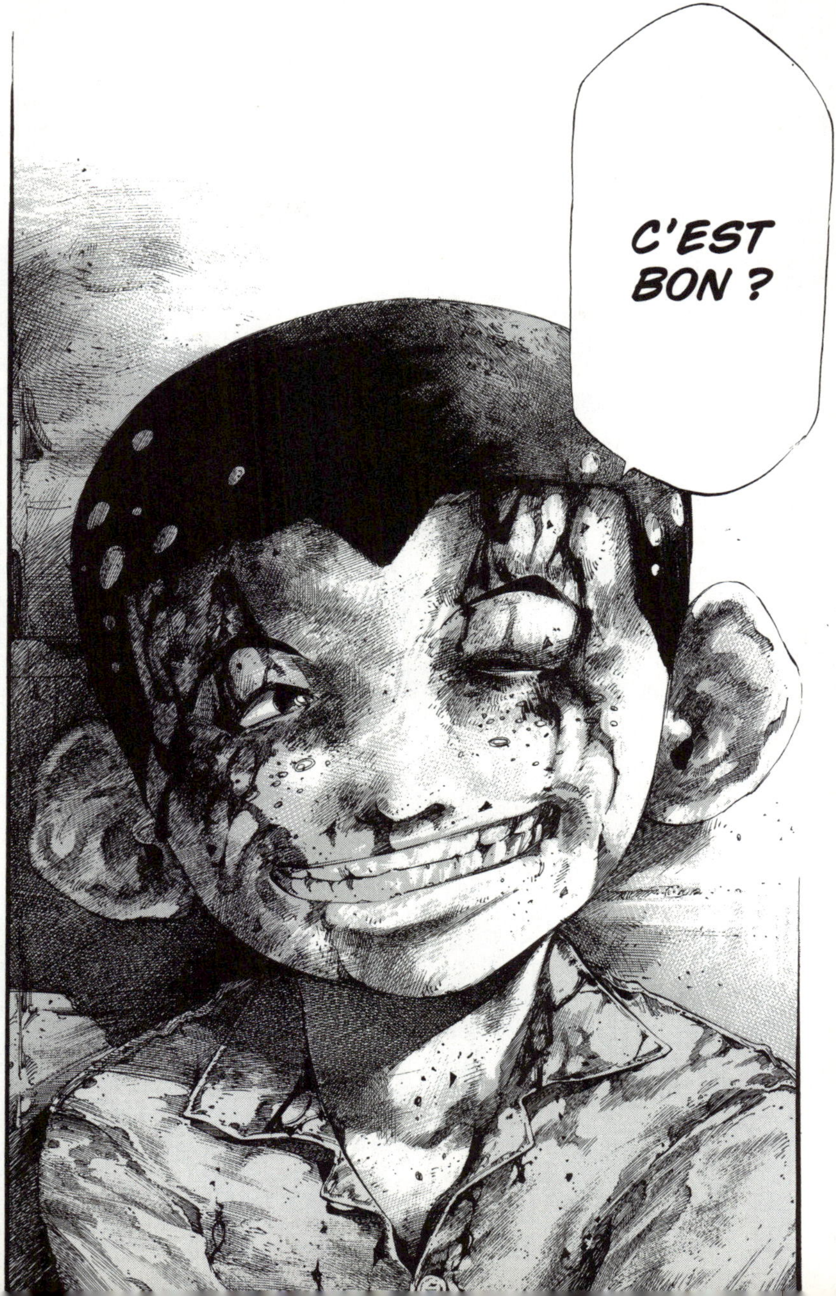
C'EST BON ?

*RADIS JAPONAIS EN SAUMURE, UTILISÉ POUR ACCOMPAGNER LE RIZ, NDT.

PLOTCH
JE SAIS QUE TU N'AS PAS MANGÉ CORRECTEMENT DEPUIS PLUSIEURS JOURS.
PAF
ALORS C'EST POUR ÇA QUE TU...
T'INQUIÈTE, ÇA A ÉTÉ SUPER FASTOCHE...
DE SEMER CES IDIOTS DE MATONS.
C'EST UN JEU D'ENFANT POUR MOI.

GNN
GNN
GNN
ET MERDE ! OÙ EST-CE QU'IL EST ALLÉ SE PLANQUER ?
CE SALE MÔME COMPTE PEUT-ÊTRE ENCORE SE FAIRE LA BELLE !
BAM
BAM
ANCHAN ...
HÉ, ANCHAN !!
CETTE VOIX...
SUPPON ?
MAIS QU'EST-CE QUE TU FAIS ?

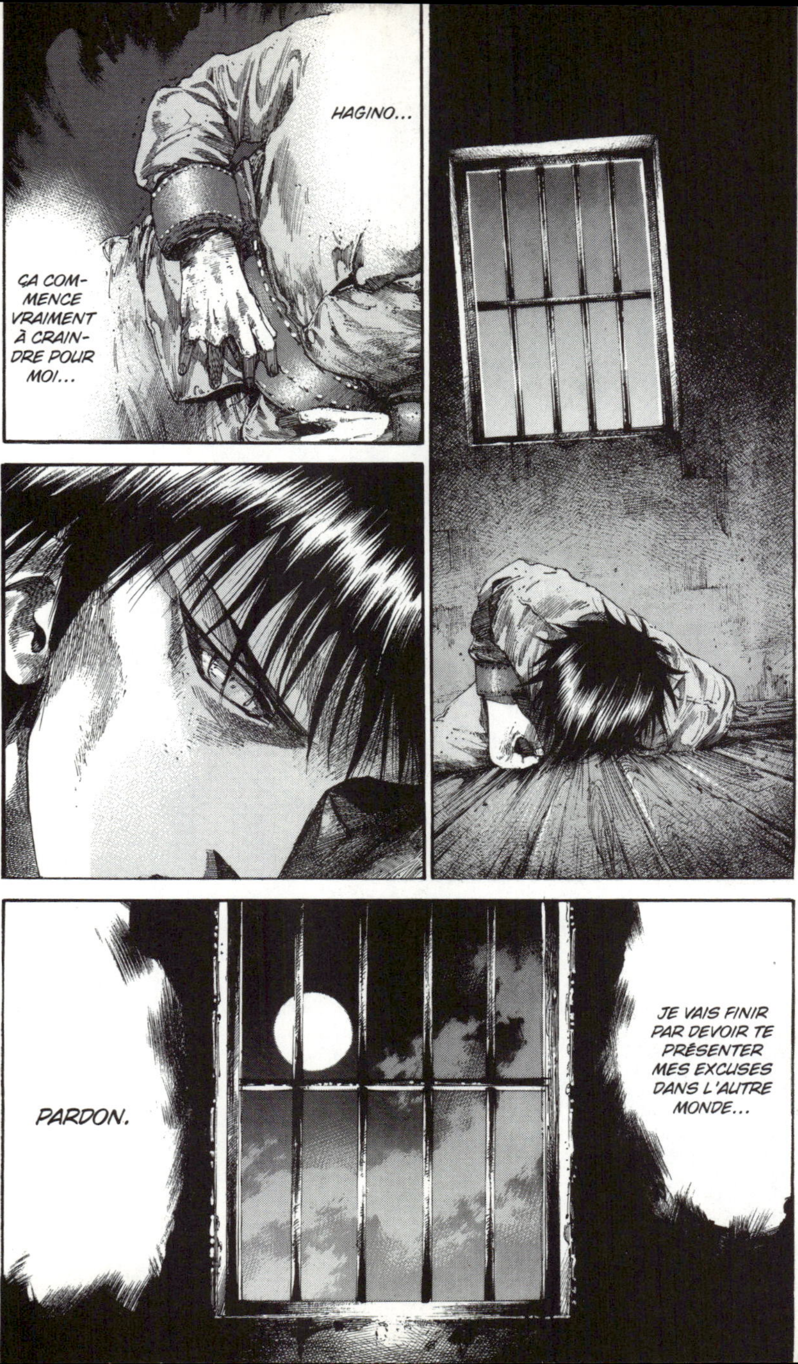
HAGINO...
ÇA COMMENCE VRAIMENT À CRAINDRE POUR MOI...
JE VAIS FINIR PAR DEVOIR TE PRÉSENTER MES EXCUSES DANS L'AUTRE MONDE...
PARDON.

MAIS NON... JE...
C'EST BON... LAISSEZ-NOUS, S'IL VOUS PLAÎT.
NOUS NOUS DÉBROUILLERONS POUR QU'ANCHAN ARRIVE À SORTIR D'ICI.

EH BIEN... IL N'A PAS ÉTÉ CONVENABLEMENT NOURRI DEPUIS QU'IL A ÉTÉ MIS EN CELLULE D'ISOLEMENT.
JE PENSAIS QU'IL FALLAIT QUE JE VOUS LE DI...
ÇA SUFFIT !!
M'SIEUR KUMAGAI, VOUS COMPTEZ LAISSER PASSER ÇA SANS RIEN DIRE ?
EST-CE QUE VOUS ALLEZ LAISSER ANCHAN MOURIR ?
M... MAIS BIEN SÛR QUE NON ! JE N'AI NULLEMENT L'INTENTION DE...
AH OUI, J'OUBLIAIS. VOUS ÊTES UN MATON.
...
VOUS ÊTES COMME ISHIHARA. POUR VOUS, NOUS NE SOMMES QUE DE SALES CAFARDS...
N'EST-CE PAS, MONSIEUR LE GARDIEN ?

CAR TU NE SORTIRAS PAS D'ICI VIVANT.
*QUARTIER 2 CELLULE 6.
二舎六房
VOUS POUVEZ RÉPÉTER, S'IL VOUS PLAÎT ?
QU'EST-CE QUI SE PASSE AVEC ANCHAN ?

BLAM
GAIN
HÉ, SAKURAGI, TU M'ENTENDS ?
TU SEMBLES BIEN AFFAIBLI.
GAIN
QU'EST-CE QU'IL Y A ?
TU N'AS PLUS LA FORCE DE PARLER ?
TU COMPTAIS PARLER DE L'AFFAIRE HAGINO EN SORTANT, HEIN ?
OU ALORS MIEUX QUE ÇA, TU AVAIS DES PREUVES ?
FRSH
DE TOUTE FAÇON, ÇA NE FAIT RIEN…

C'EST VOUS ET SASAKI...
QUI AVEZ POUSSÉ HAGINO AU SUICIDE.
LES DEUX BRUTES N'HÉSITAIENT PAS À POUSSER LES JEUNES À LA MORT POUR CACHER LEURS PROPRES EXACTIONS. MAIS ROKURÔTA, AU PLUS PROFOND DE SON CŒUR, PRIT LA DÉCISION DE VENGER HAGINO COÛTE QUE COÛTE. AUTREMENT, IL NE POURRAIT PLUS SE CONSIDÉRER COMME UN HOMME, MAIS PLUTÔT COMME UN CHIEN. IL ÉTAIT BIEN RÉSOLU À NE PAS LAISSER CES DEUX MONSTRES LUI PRENDRE LA VIE.

VOUS L'AVEZ TUÉ...
CE N'ÉTAIT PAS UN ACCIDENT...
QU'EST-CE QUE C'EST QUE CES CONNERIES, SAKURAGI...
VOUS... ET SASAKI...
QUOI ?
EST-CE QU'IL A DES PREU-VES ?
JE SAIS TOUT.

MÊME S'IL S'AGIT D'UN REGRETTABLE ACCIDENT, CE NE SERAIT PAS ARRIVÉ SI NOUS AVIONS ÉTÉ PLUS VIGILANTS.
JE VOUS PRÉSENTE MES SINCÈRES CONDOLÉANCES.
EIICHI ÉTAIT ...
UN BRAVE GARÇON.
UN ACCIDENT ?
MAISON DE REDRESSEMENT DE SHÔNAN, QUARTIER-2 CELLULE 6.
LE DOCTEUR SASAKI A PAYÉ LE GARDIEN ISHIHARA POUR FAIRE DE MOI SON JOUET. ET MAINTENANT, IL A MÊME TRAHI SA PROMESSE DE ME FAIRE SORTIR PLUS TÔT. JE N'AI PLUS D'AUTRE CHOIX QUE D'ALLER ATTENDRE MA MÈRE AU PARADIS.
EIICHI HAGINO
JE...
JE NE L'AD-METTRAI PAS...

3

CRIME 24. X offender

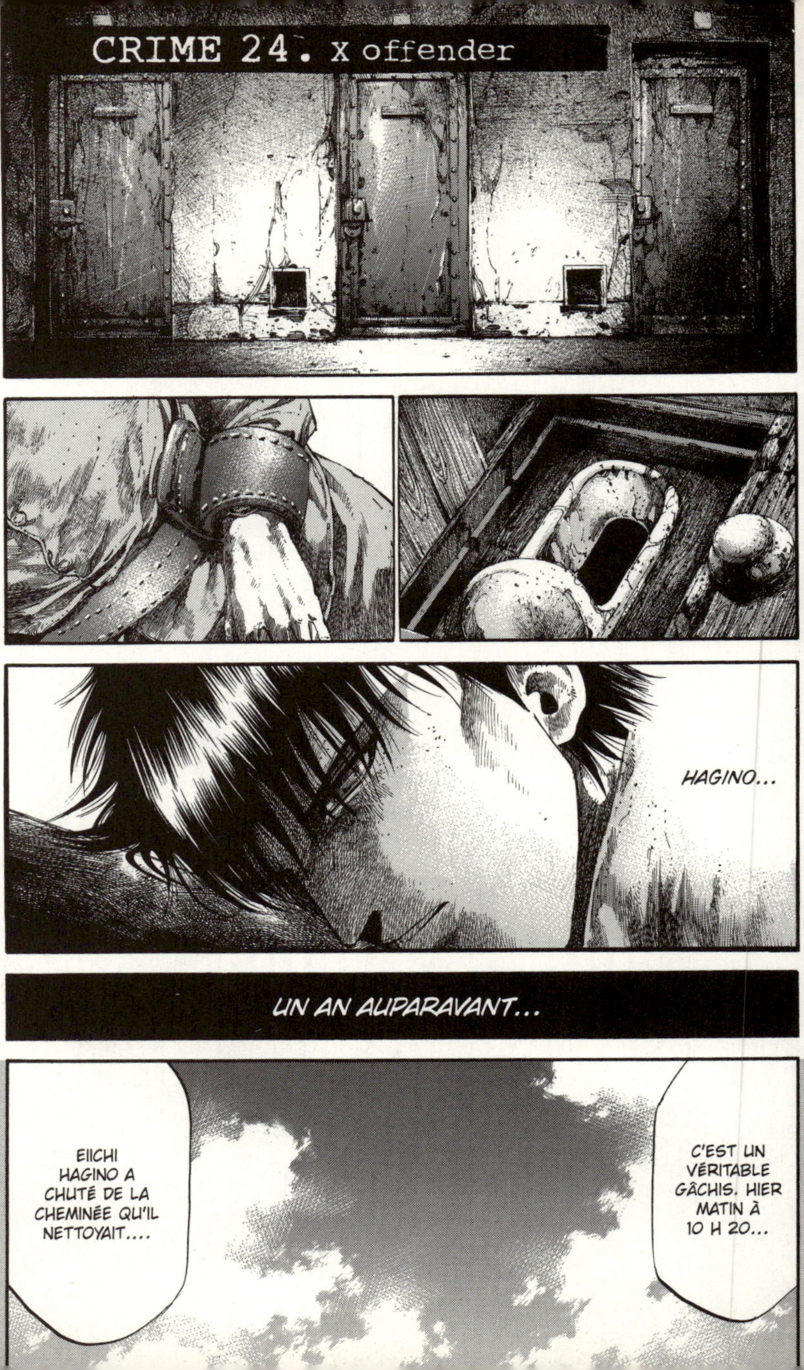
CRIME 24. x offender
HAGINO...
UN AN AUPARAVANT...
C'EST UN VÉRITABLE GÂCHIS. HIER MATIN À 10 H 20...
EIICHI HAGINO A CHUTÉ DE LA CHEMINÉE QU'IL NETTOYAIT....

TOUTE LA
RANCŒUR
DE HAGINO
IMPRÉGNAIT
CE TESTAMENT
QU'IL AVAIT
SIGNÉ DE SON
EMPREINTE
SANGLANTE.
LA RANCŒUR
EN DÉBORDAIT
DE PARTOUT.
ET ROKURÔTA
SE JURA DE
L'APAISER COÛTE
QUE COÛTE.

PARDON, MAMAN...
HÉ, Y A QUELQU'UN QUI VA SAUTER DE LA CHEMINÉE !
QUOI ? UN SUICIDE ?
QU'EST-CE QUE ÇA VEUT DIRE ?
HÉ, C'EST FINI CE BORDEL ? VOUS ALLEZ VOUS CALMER MAINTENANT !
BLA
BLA
BLA
FRSH

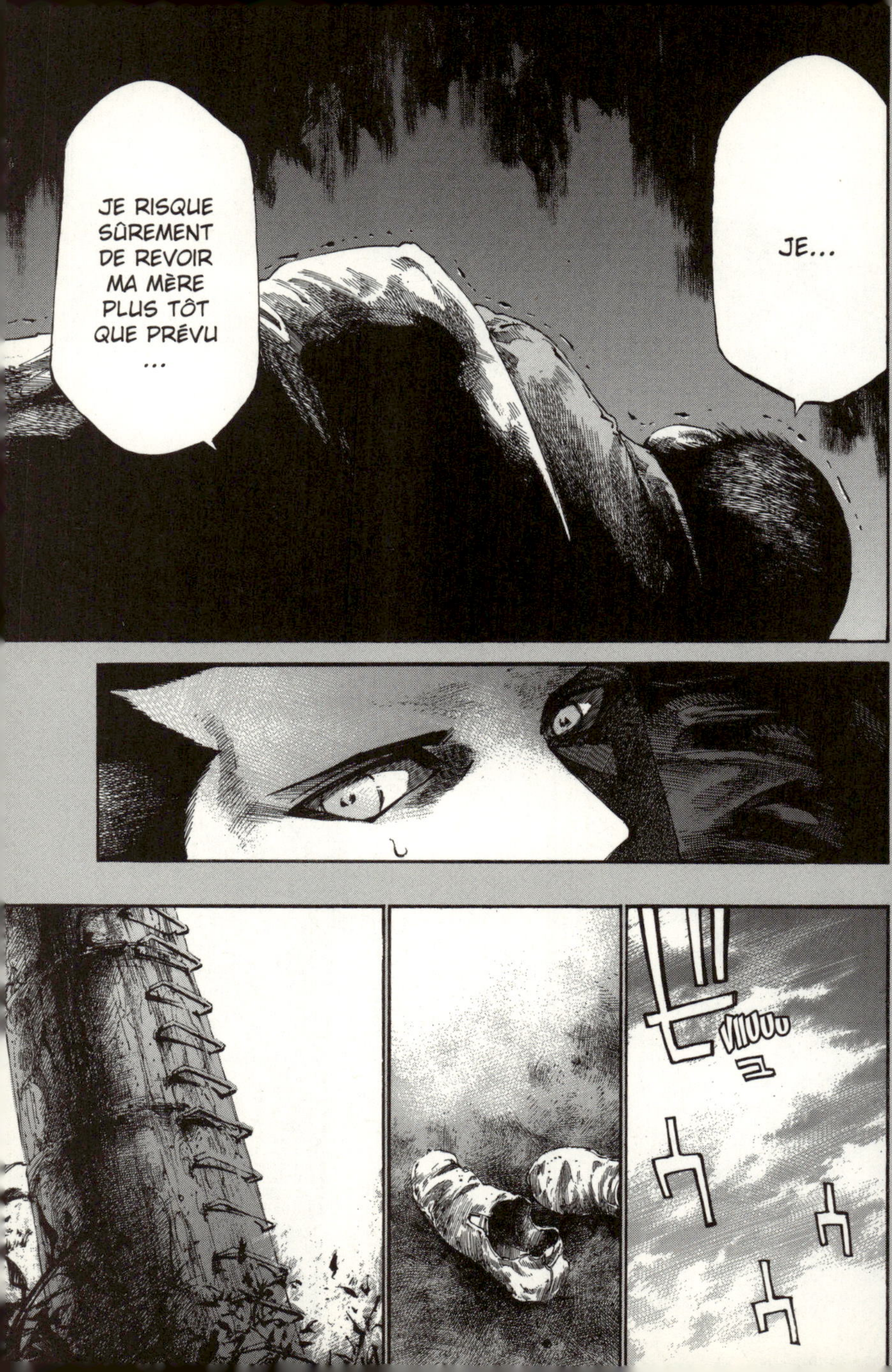
JE...
JE RISQUE SÛREMENT DE REVOIR MA MÈRE PLUS TÔT QUE PRÉVU ...
VIIUUU

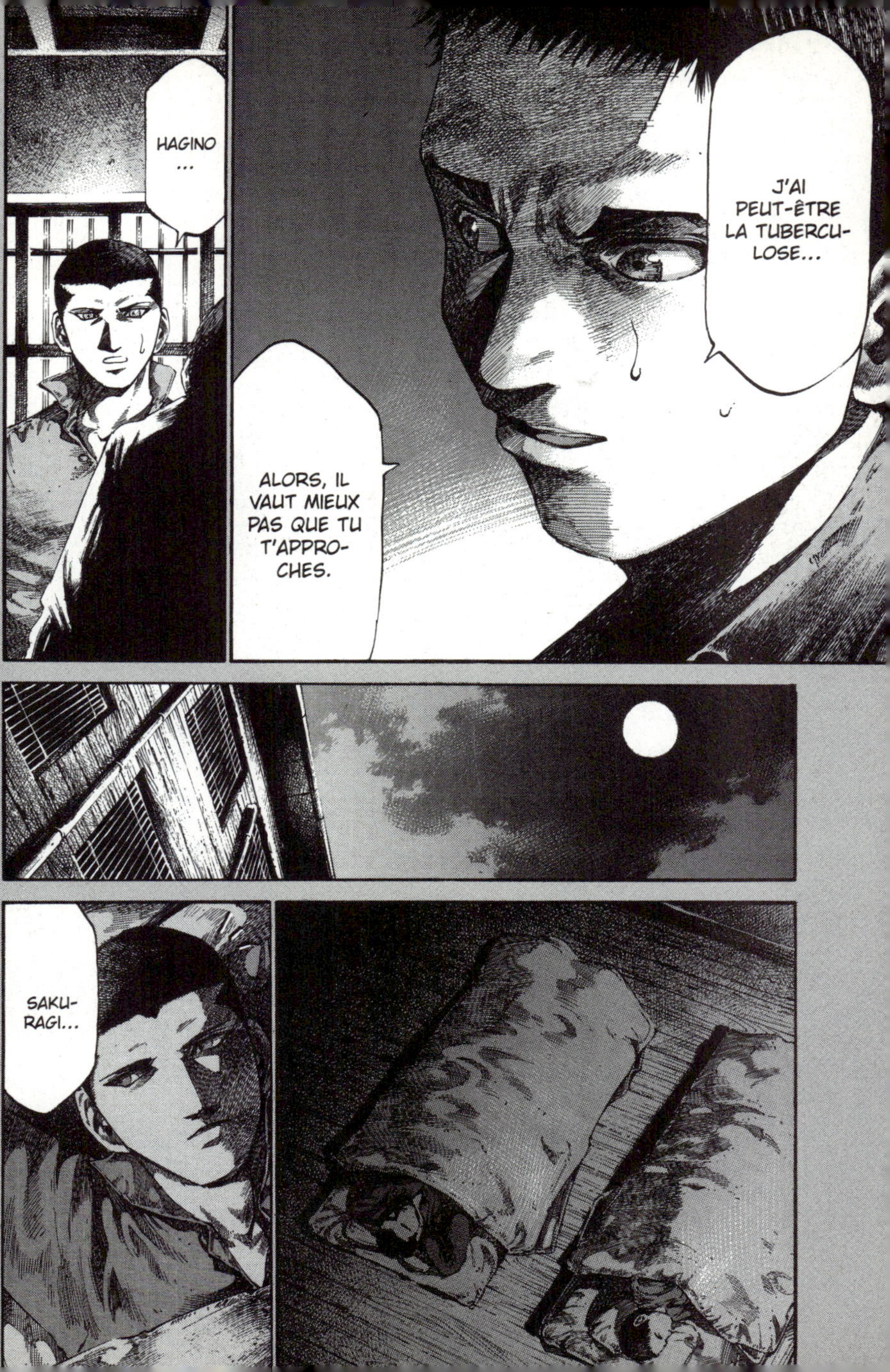
J'AI PEUT-ÊTRE LA TUBERCULOSE...
ALORS, IL VAUT MIEUX PAS QUE TU T'APPROCHES.
HAGINO...
SAKURAGI...

C'EST POUR TA MÈRE QUE TU VEUX SORTIR PLUS VITE, C'EST ÇA ? C'EST UN PEU IDIOT COMME PLAN.
IL VAUT MIEUX POUR TOI QUE TU TE TIENNES TRANQUILLE ET OBÉISSES GENTIMENT AU DOCTEUR SASAKI. HA HA HA...
二舎六房*
*QUARTIER 2 CELLULE 6.
HAGINO ...
ÇA VA ?
NE ME DIS PAS QU'ISHIHARA ET SASAKI T'ONT FAIT QUELQUE CHOSE...
HAGI...
PAF

BOM
ALORS ? ÇA T'A PLU ?
C'EST...
C'EST VRAI QU'IL PEUT ME FAIRE SORTIR PLUS TÔT ?
HEIN ?
HÉ... MAIS IL ME L'A PROMIS !
TU PLAIS AU DOCTEUR SASAKI, TU SAIS ?
ALORS TU CROIS QU'IL VA TE LAISSER SORTIR AUSSI FACILEMENT ?

LES JEUNES HOMMES QU'ISHIHARA VENDAIT POUR DE MAIGRES SOMMES NE POUVAIENT QU'ENDURER, COÛTE QUE COÛTE, ET MARQUER CHAQUE JOUR PASSÉ D'UNE CROIX SUR LE CALENDRIER. SAVOIR QUE C'ÉTAIT LE SEUL PLAISIR DANS LA VIE DE CES JEUNES HOMMES EST TRISTE. HORRIBLEMENT TRISTE.

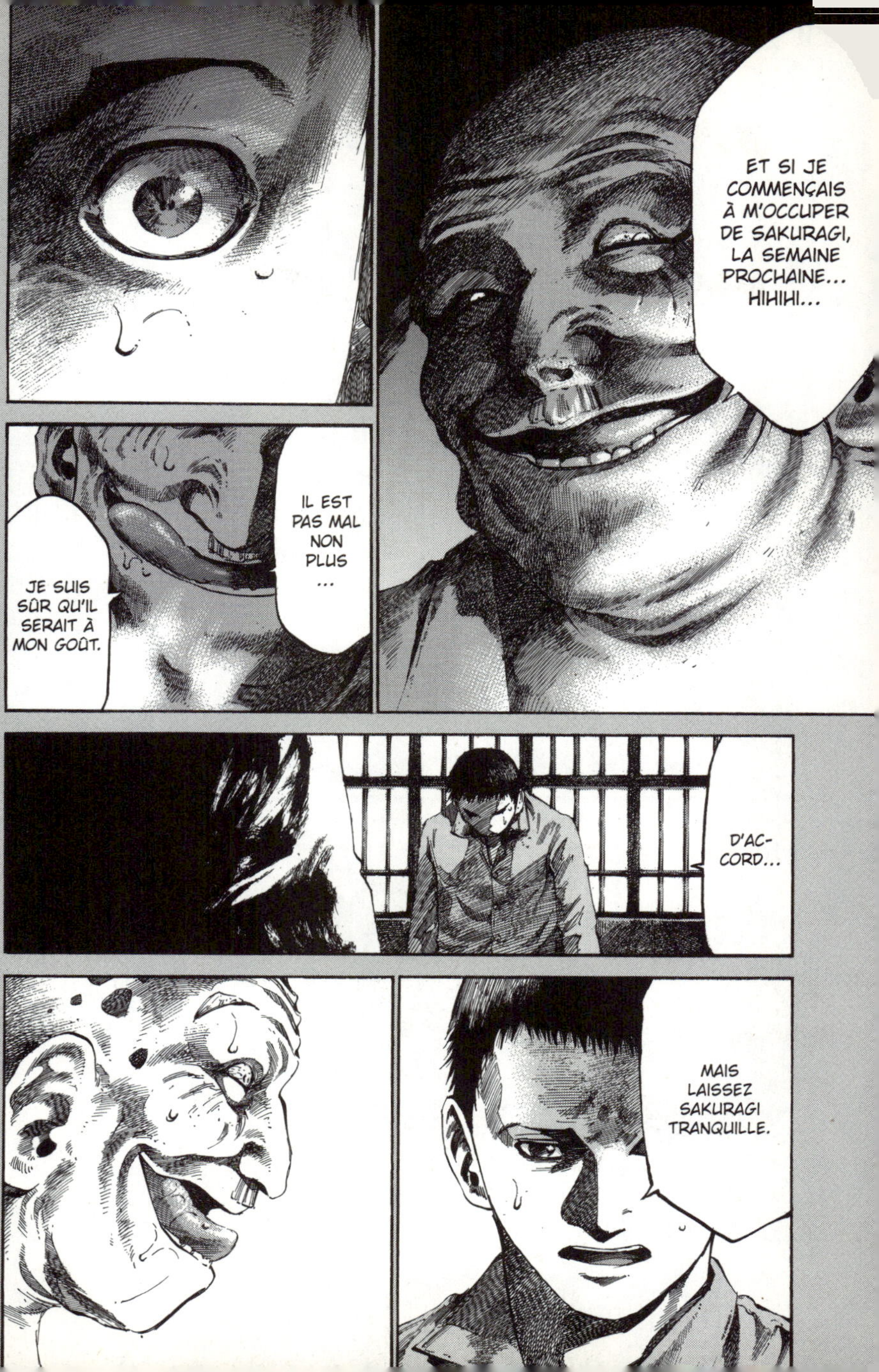
ET SI JE COMMENÇAIS À M'OCCUPER DE SAKURAGI, LA SEMAINE PROCHAINE… HIHIHI…
IL EST PAS MAL NON PLUS …
JE SUIS SÛR QU'IL SERAIT À MON GOÛT.
D'AC-CORD…
MAIS LAISSEZ SAKURAGI TRANQUILLE.

FRP
FRP
LE COMPTE Y EST.
PRENEZ VOTRE TEMPS.
O.K.
CRII
JE NE VAIS PAS ME FAIRE PRIER.
VLAM
NON, LAISSEZ-MOI, À LA FIN...
L'AUTRE FOIS, VOUS M'AVIEZ DIT QUE C'ÉTAIT LA DERNIÈRE.
HÉ
ÇA TE DIRAIT D'ÊTRE LIBÉRÉ PLUS TÔT ?
SI JE LE DEMANDE, C'EST POSSIBLE, TU SAIS.
HÉ
...
ÇA TE RÉPUGNE TANT QUE ÇA ?
D'ACCORD, JE NE TE TOUCHERAI PLUS.

HAGINO… LE DOCTEUR SASAKI TE RÉCLAME.
IL FAUT À NOUVEAU TE FAIRE PASSER L'EXAMEN ANTI-TUBERCULEUX.
MAIS, M'SIEUR ISHIHARA… HAGINO A DÉJÀ PASSÉ UN EXAMEN LA SEMAINE DERNIÈRE…
SAKURAGI …
ÇA VA ALLER …
VLAM
HAGINO …

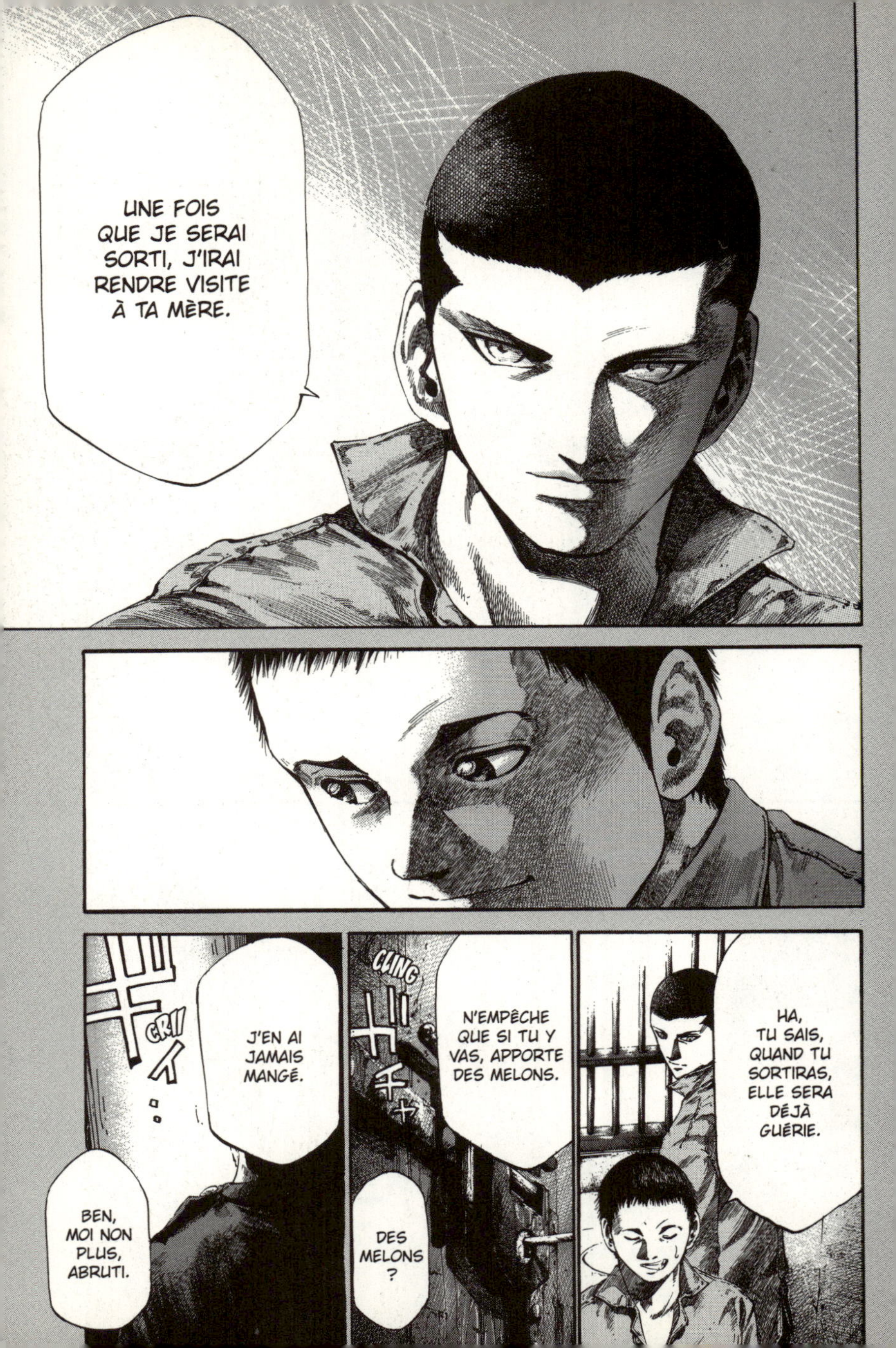
UNE FOIS QUE JE SERAI SORTI, J'IRAI RENDRE VISITE À TA MÈRE.
HA, TU SAIS, QUAND TU SORTIRAS, ELLE SERA DÉJÀ GUÉRIE.
N'EMPÊCHE QUE SI TU Y VAS, APPORTE DES MELONS.
CLING
DES MELONS ?
J'EN AI JAMAIS MANGÉ.
CRII
BEN, MOI NON PLUS, ABRUTI.

HAGINO… À QUOI ÇA T'A SERVI, SI TU N'ES PAS À SES CÔTÉS, MAINTENANT ?
CONTENTE-TOI DE PENSER À SORTIR D'ICI LE PLUS VITE POSSIBLE.
POF
TU AS RAISON…

C'ÉTAIT LE SEUL MOYEN QUE J'AVAIS.
IL ME FALLAIT DE L'ARGENT POUR PAYER DES MÉDICAMENTS.
DES MÉDICA-MENTS ?
C'EST MA MÈRE... ELLE VA PAS BIEN.
ET ON N'A PAS L'ARGENT POUR LA FAIRE ADMETTRE À L'HÔPITAL.
J'ALLAIS QUAND MÊME PAS RESTER SANS RIEN FAIRE, SI ?
NE TE FAIS PAS PINCER AUSSI FACILEMENT, ALORS !

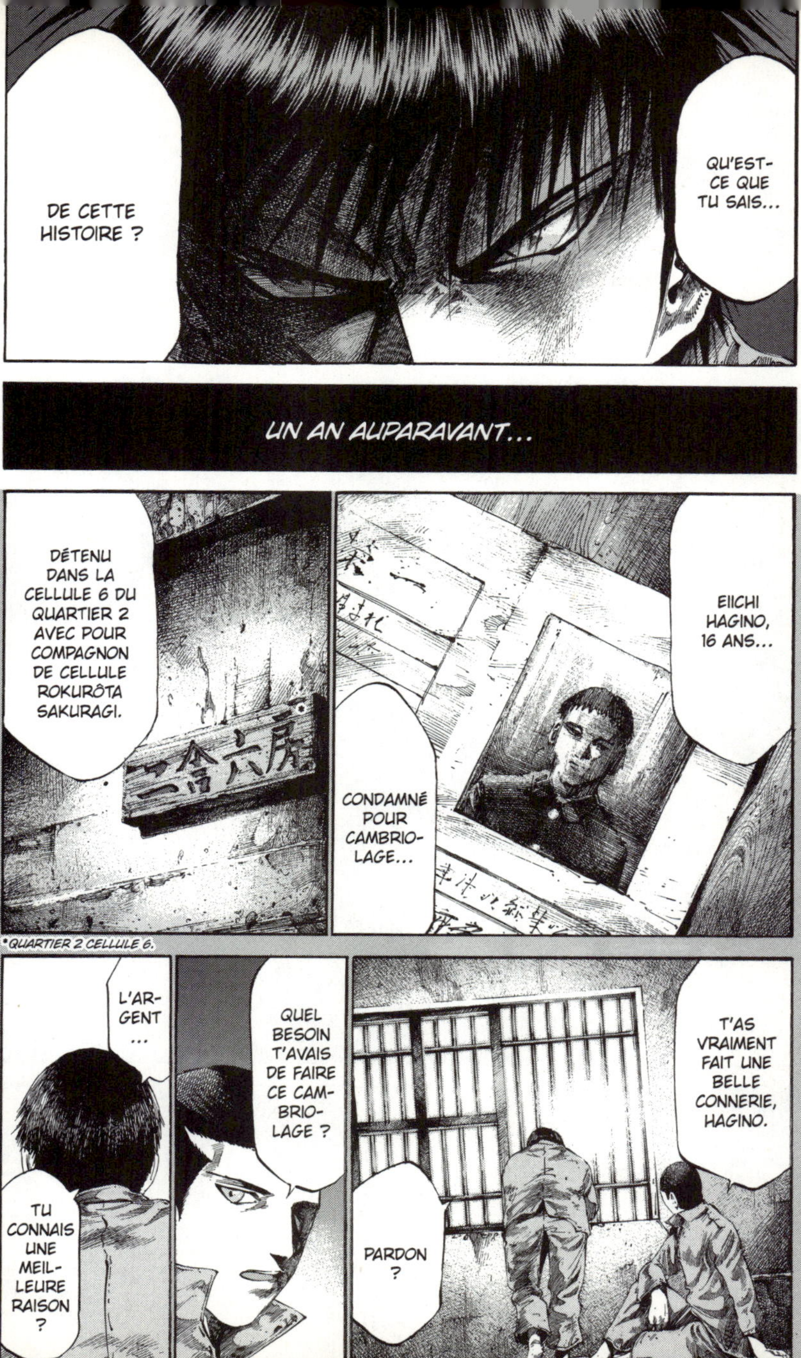

*QUARTIER 2 CELLULE 6.

*QUARTIER 2 CELLULE 6.

CRIME 23. World of pain

CRIME 23. World of pain

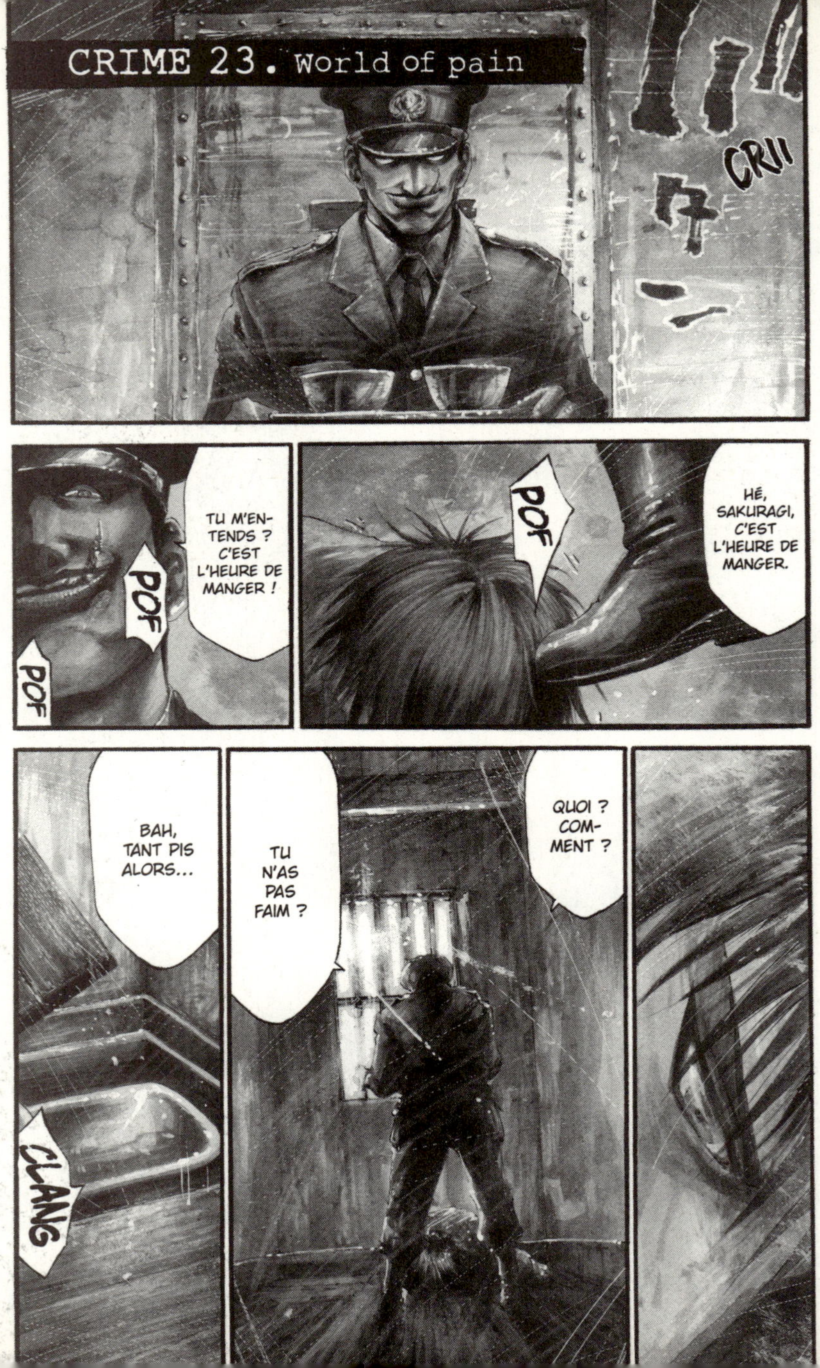

LES LARMES DES JEUNES HOMMES AVAIENT DISPARU, MÊLÉES À LA PLUIE QUI LES ENTOURAIT. MAIS LA TRISTESSE ET LA RANCŒUR RESTERAIENT DANS LEUR CŒUR À JAMAIS.

BLAM
HMF
!
HMF
HÉ, QU'EST-CE QUE VOUS FAITES TOUS SOUS CETTE PLUIE !
QU'EST-CE QUI S'EST PASSÉ ?
SPLOTCH
OÙ EST SAKURAGI ?
NOUS, TOUT CE QU'ON VOULAIT, C'EST QU'AN-CHAN PUISSE SORTIR SANS ENCOMBRE...
ET RIEN ...
RIEN D'AUTRE ...

SSHH
SSHH
SHH

MERCI !

VLAM
HA HA HA... COMBINÉ À UN REFUS D'OBTEMPÉRER !
JE VAIS M'OCCUPER DE TOI, AU MITARD !
...
SI ÇA VOUS CHANTE ...
ANCHAN, QU'EST-CE QUE TU FAIS ?
VRAIMENT... ENDURER AUTANT POUR SI PEU...
VOUS N'ALLEZ PAS BIEN, OU QUOI ?
ANCHAN ...

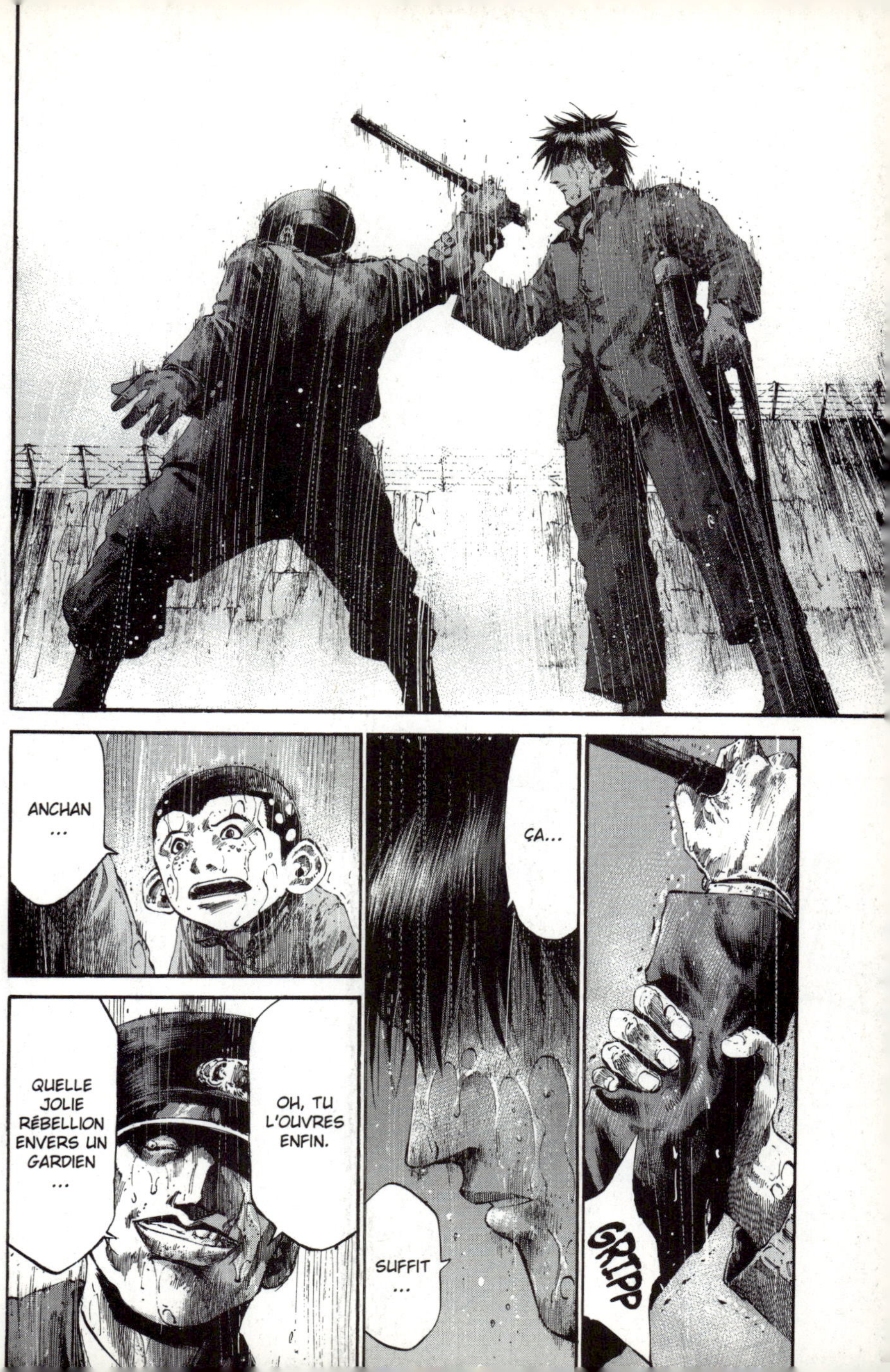
GRIPP
ÇA...
SUFFIT...
ANCHAN...
OH, TU L'OUVRES ENFIN.
QUELLE JOLIE RÉBELLION ENVERS UN GARDIEN...

PUTAIN, ILS…
QU'EST-CE QUI VOUS ARRIVE, M'SIEUR ISHIHARA ?
VOUS ÊTES ENFIN DÉCIDÉ À NOUS FAIRE RELEVER LA TÊTE ?
NOM DE …
PAF
SBAM
QUI T'A AUTORISÉ À PARLER ?

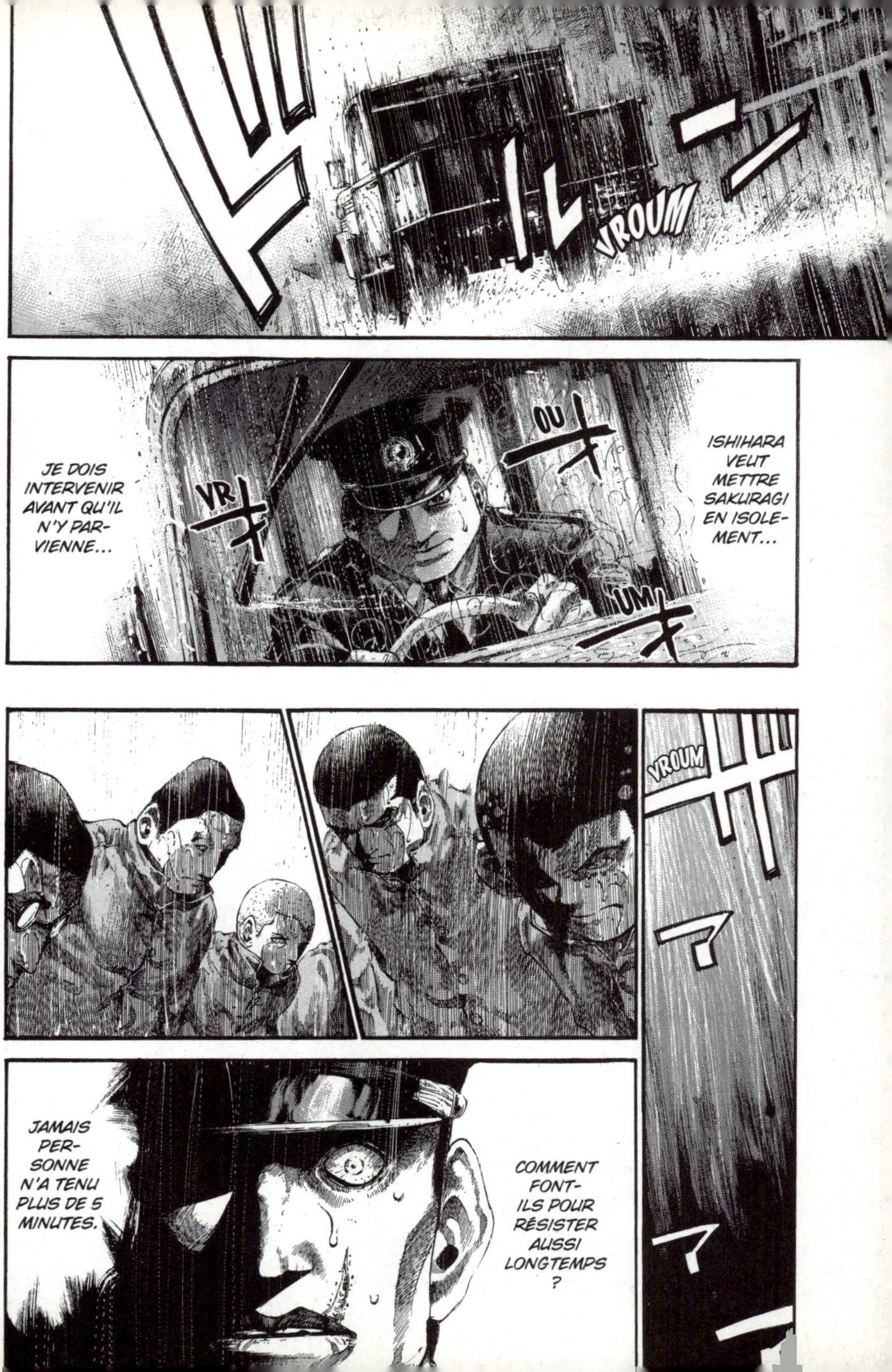
VROUM
ISHIHARA VEUT METTRE SAKURAGI EN ISOLEMENT…
OU
JE DOIS INTERVENIR AVANT QU'IL N'Y PARVIENNE…
VR
UM
VROUM
COMMENT FONT-ILS POUR RÉSISTER AUSSI LONGTEMPS ?
JAMAIS PERSONNE N'A TENU PLUS DE 5 MINUTES.

CHOP
MARIO, NON !!
TU N'ES PAS ENCORE EN ÉTAT DE SORTIR !
LAISSEZ-MOI !!
JE VAIS MASSACRER ISHIHARA !!
NOOON ! LAISSE FAIRE M. KUMAGAI !
OH, LA FERME !
ÇA NE SERT À RIEN QUE TU PARTES MAINTENANT !
TU NE FERAS QUE CAUSER DES ENNUIS À SAKURAGI !
ANCHAN...

MARIO
!!
VLAN

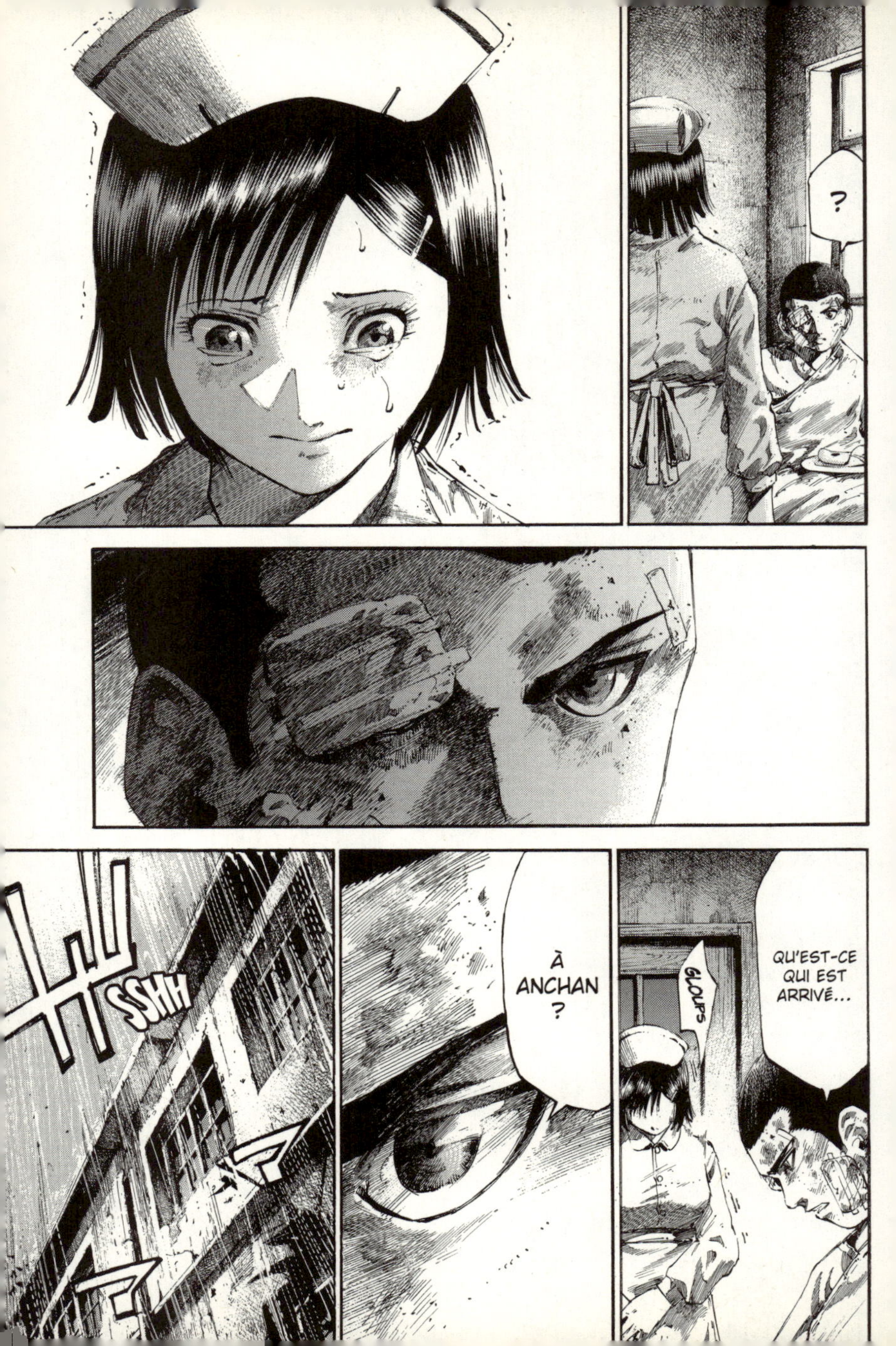
?
QU'EST-CE QUI EST ARRIVÉ...
GLOUPS
À ANCHAN ?
SSHH

VLAM
ELLES SONT VRAIMENT EXCELLENTES, CES POMMES.
J'EN AI LAISSÉ POUR M. KUMAGAI...
IL EST REPARTI À LA MAISON DE REDRESSEMENT.
AH BON... ÇA AURAIT ÉTÉ SYMPA QU'IL PASSE ME VOIR...
MADEMOISELLE L'INFIRMIÈRE, VOUS VOULEZ UNE DES POMMES QUI RESTENT ?
ELLES SONT EXCELLENTES, VOUS SAVEZ.

HEIN, SAKURAGI ?
ALORS, TU ME DÉTESTES ?
TU AS ENVIE DE ME DÉFONCER LA GUEULE, HEIN ?
TU PEUX, SAKURAGI.
PSSH
VAS-Y, FRAPPE-MOI…
SI TU EN AS ENVIE.
HA HA HA !
GRIK

ON TIENDRA LE COUP ...
TU CROIS QU'ILS VONT TENIR COMBIEN DE TEMPS ?

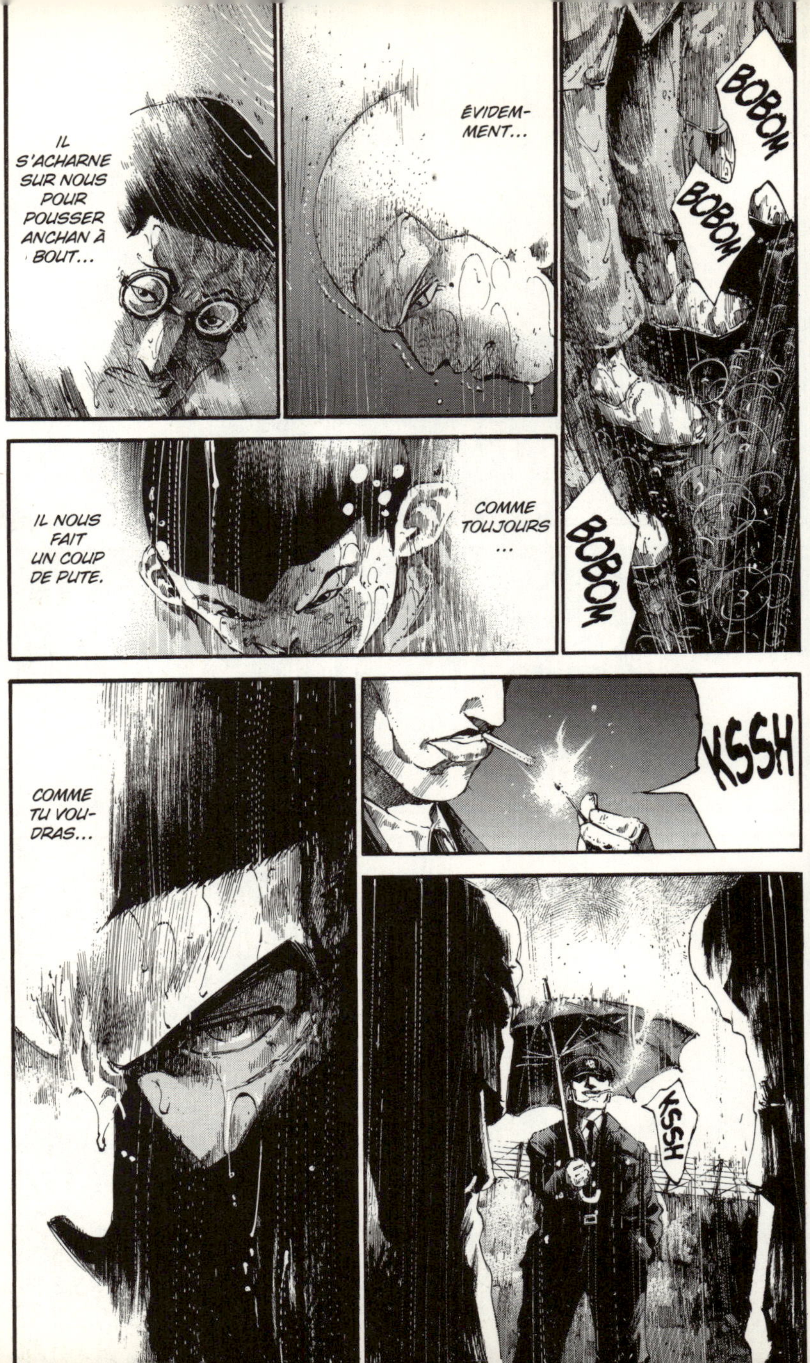
BOBOM
BOBOM
BOBOM
ÉVIDEMMENT…
IL S'ACHARNE SUR NOUS POUR POUSSER ANCHAN À BOUT…
COMME TOUJOURS…
IL NOUS FAIT UN COUP DE PUTE.
KSSH
KSSH
COMME TU VOUDRAS…

TANT QU'ISHIHARA NE LEUR AVAIT PAS DONNÉ L'ORDRE DE SE REDRESSER, LES SIX JEUNES DURENT RESTER COURBÉS. PERSONNE, À CET ÂGE, NE POURRAIT ENDURER CETTE HUMILIATION PLUS DE CINQ MINUTES. "ET MERDE, ADVIENNE QUE POURRA !" PATIENCE, RAISON ET CALCUL, TOUT DEVAIT VOLER EN ÉCLATS. MOI AUSSI, À 18 ANS, J'ÉTAIS CE GENRE DE PAUVRE GARÇON, ET LES MAISONS DE REDRESSEMENT DE L'ÉPOQUE ÉTAIENT DE VÉRITABLES ENFERS.

CRIME 22. Vertigo

CRIME 22. Vertigo

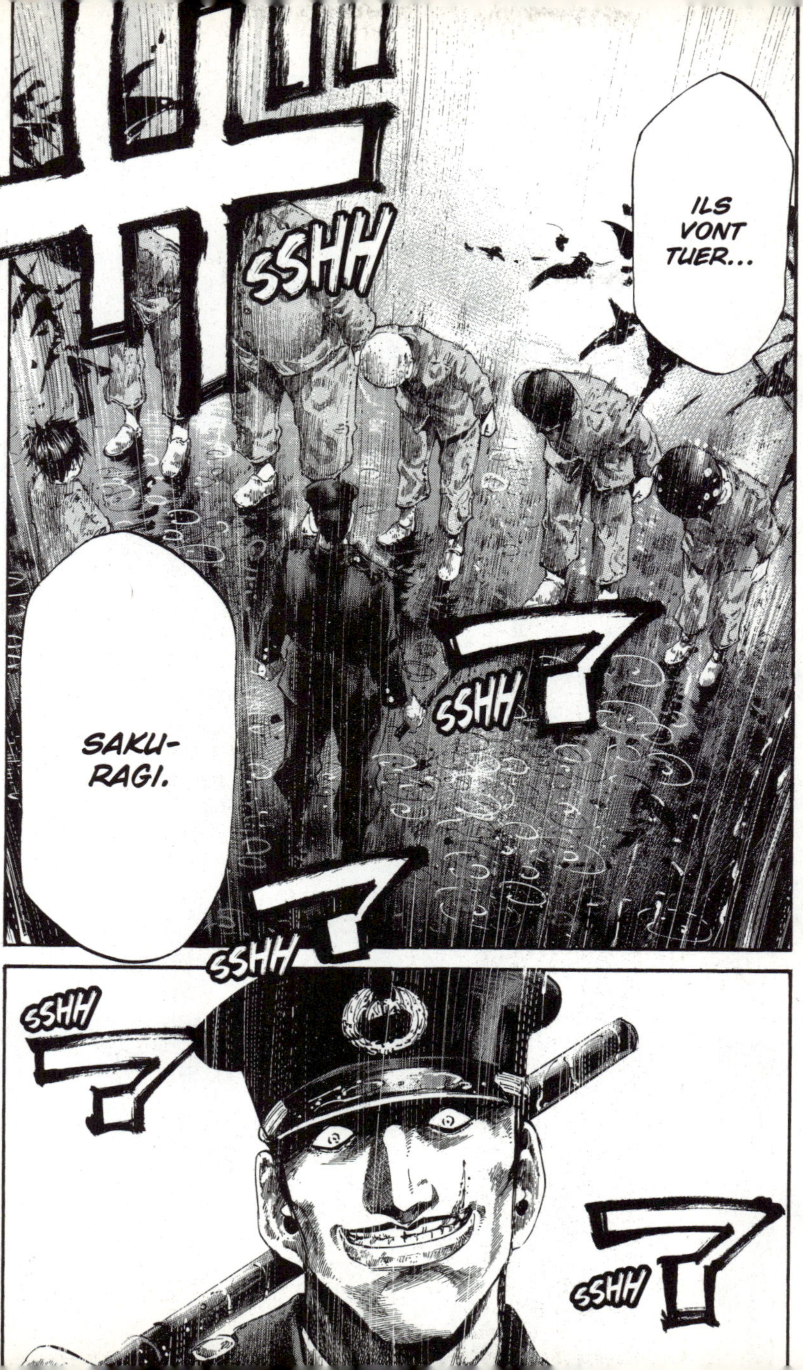
ILS VONT TUER...
SSHH
SAKU-RAGI.
SSHH
SSHH
SSHH
SSHH

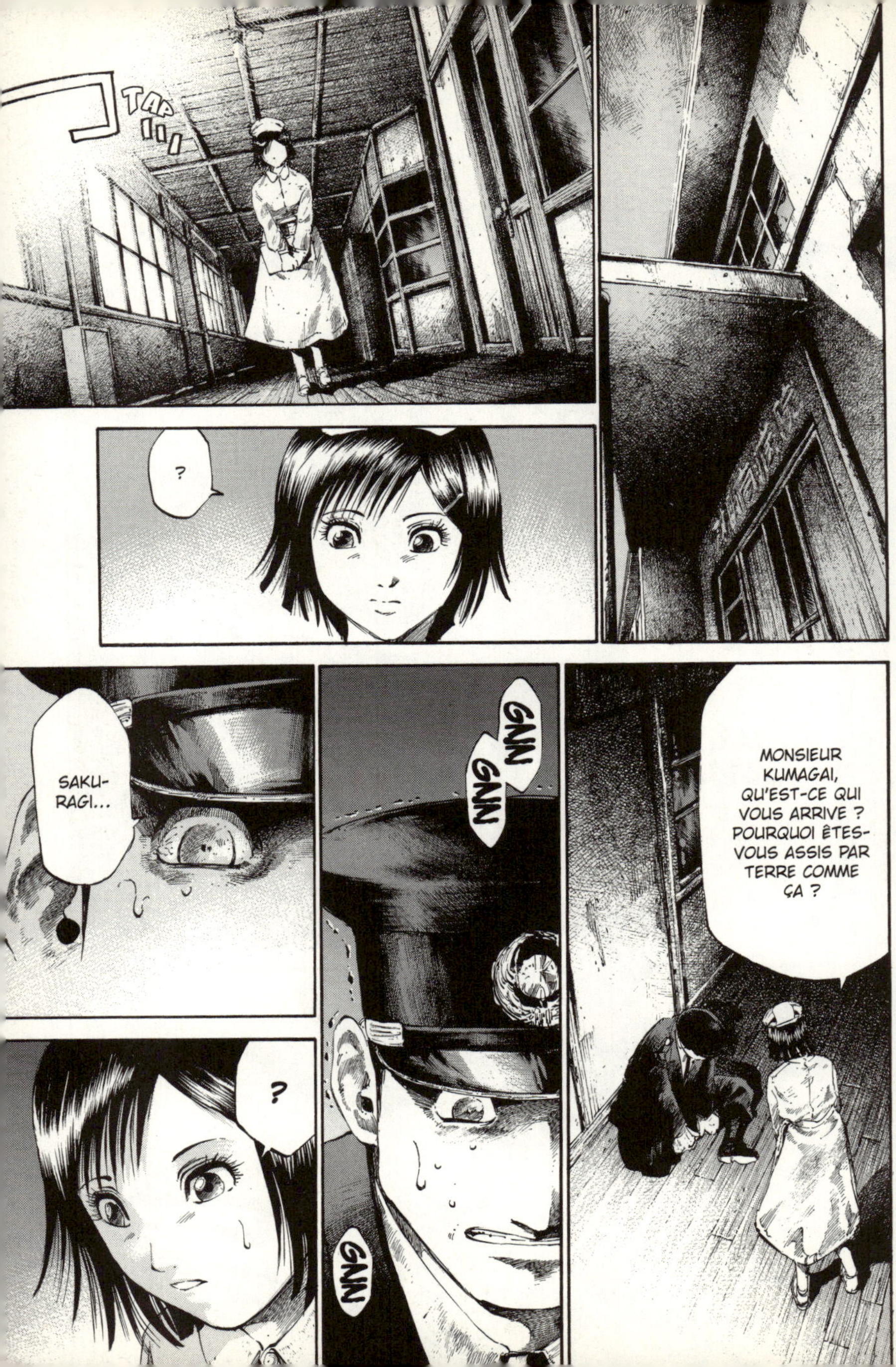
TAP
?
MONSIEUR KUMAGAI, QU'EST-CE QUI VOUS ARRIVE ? POURQUOI ÊTES-VOUS ASSIS PAR TERRE COMME ÇA ?
GANN
GANN
GANN
SAKU-RAGI...
?

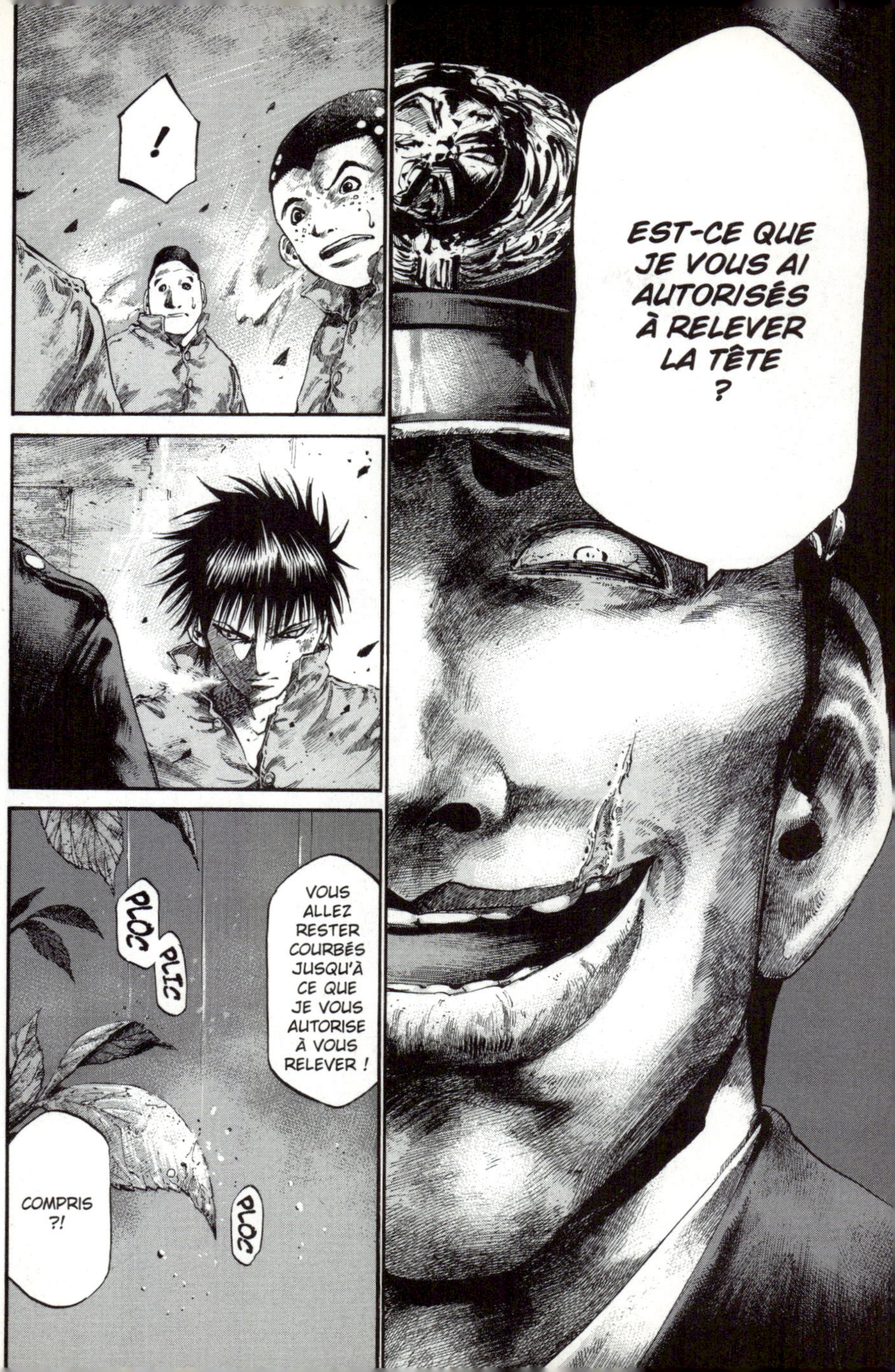
EST-CE QUE JE VOUS AI AUTORISÉS À RELEVER LA TÊTE ?
!
VOUS ALLEZ RESTER COURBÉS JUSQU'À CE QUE JE VOUS AUTORISE À VOUS RELEVER !
PLOC
PLIC
COMPRIS ?!
PLOC

SALUEZ !
SCHLAF
POF
POF
PARFAIT, C'EST BIEN D'ÊTRE OBÉIS-SANTS.
SUR CE, NOUS RENTRONS.
HEIN ?

FFFス
HÉ...
N'OUBLIEZ PAS DE ME SALUER !
GARDE À VOUS !
TAN

PIGÉ, ANCHAN...
PARFAIT, JE RENTRE ALORS. JE VAIS FINIR PAR CHOPER UN RHUME.
TSCHAF
HÉ, QU'EST-CE QUE VOUS VOUS RACONTEZ ?
RENTREZ VITE, LES GARS.

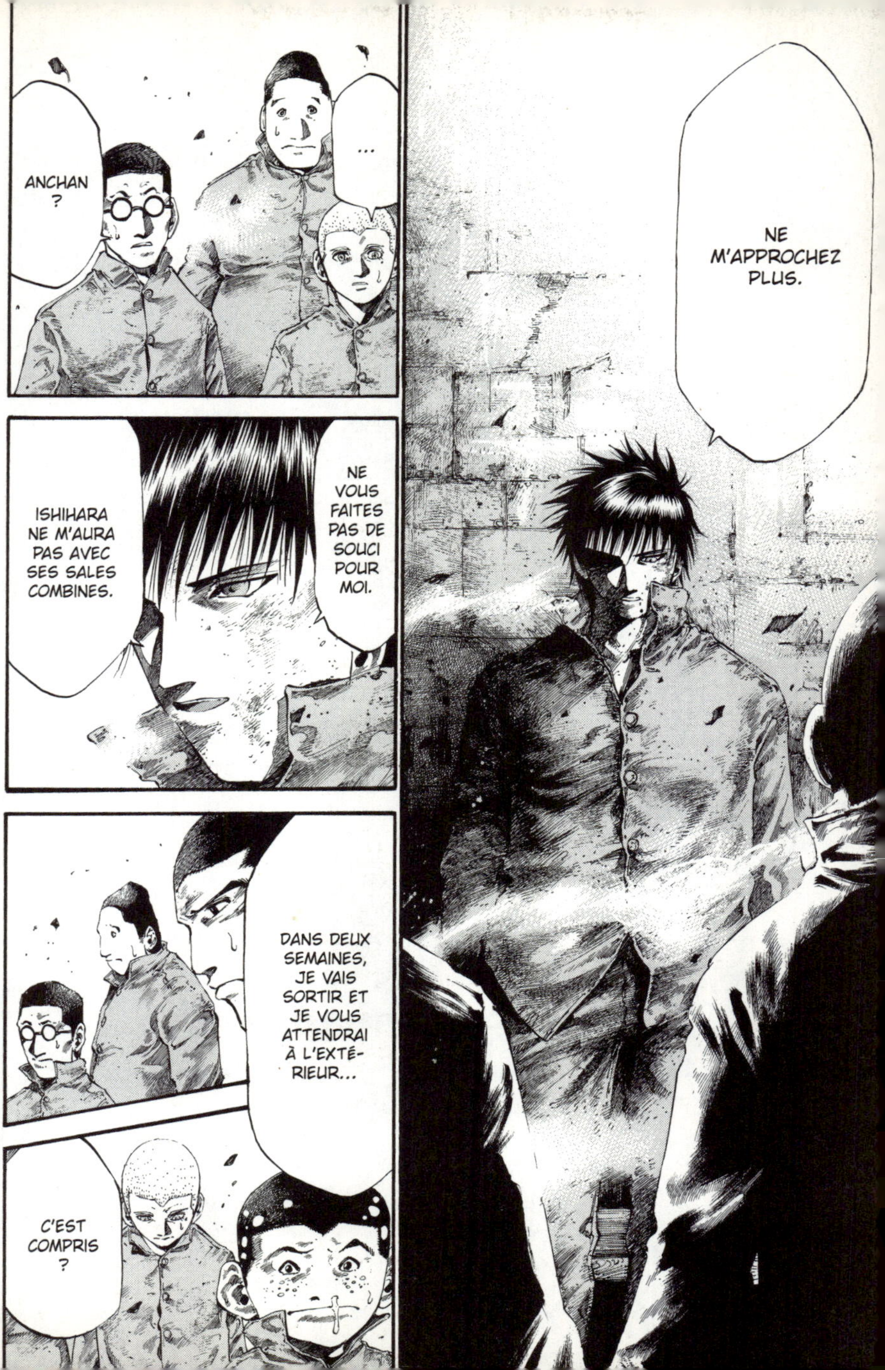
NE M'APPROCHEZ PLUS.
...
ANCHAN ?
NE VOUS FAITES PAS DE SOUCI POUR MOI.
ISHIHARA NE M'AURA PAS AVEC SES SALES COMBINES.
DANS DEUX SEMAINES, JE VAIS SORTIR ET JE VOUS ATTENDRAI À L'EXTÉRIEUR...
C'EST COMPRIS ?

ゴロ BOM
ゴロ BOM
ゴロ BOM
MARIO S'EST FAIT ÉCRASER LA MAIN PAR TES COMPAGNONS DE CELLULE ?
C'EST...
C'EST DE MA FAUTE. JE L'AVAIS ENGUEULÉ JUSTE AVANT.
HEITAI, TU N'ES PAS LE SEUL FAUTIF.
MOI AUSSI, JE LUI AI DIT DES TRUCS HORRIBLES.
ÉCOUTEZ, TOUT LE MONDE.

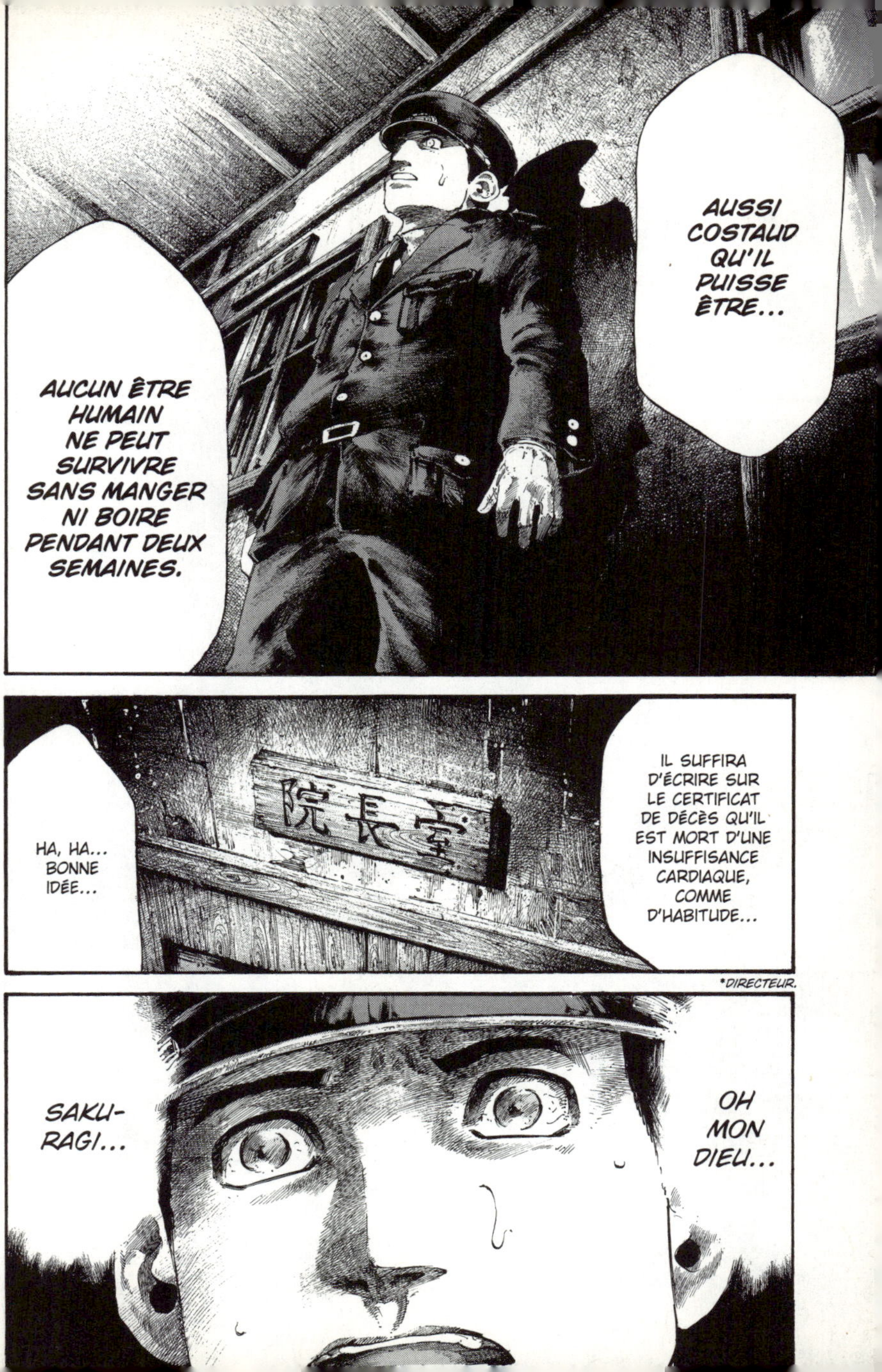
AUSSI COSTAUD QU'IL PUISSE ÊTRE...
AUCUN ÊTRE HUMAIN NE PEUT SURVIVRE SANS MANGER NI BOIRE PENDANT DEUX SEMAINES.
IL SUFFIRA D'ÉCRIRE SUR LE CERTIFICAT DE DÉCÈS QU'IL EST MORT D'UNE INSUFFISANCE CARDIAQUE, COMME D'HABITUDE...
院長室
HA, HA... BONNE IDÉE...
OH MON DIEU...
SAKU-RAGI...
*DIRECTEUR.

SCRITCH
IL RESTERA TRANQUILLE, TANT QU'ON NE S'EN PRENDRA QU'À LUI...
MAIS...
C'EST PAS COMPLIQUÉ, IL SUFFIT DE LE POUSSER À ENFREINDRE LE RÈGLEMENT...
TANT QU'ON NE S'EN PRENDRA ...
QU'À LUI...
*DIRECTEUR
IL LUI RESTE ENCORE DEUX SEMAINES ...
DONC...
院長室
MAIS OUI...

PAF
MAIS QU'EST-CE QU'ON VA POUVOIR FAIRE, DOCTEUR ?
CALME-TOI, ISHIHARA.
IL NE RESTE PLUS QUE DEUX SEMAINES ...
AVANT QUE SAKURAGI NE SOIT LIBÉRÉ !
HMF
HMF
HMF
LES DÉTENUS DE LA CELLULE 8 DU QUARTIER 1 ONT PERDU LEURS CROCS...
IL A SUPPORTÉ LES PASSAGES À TABAC, IL EST RESTÉ TRANQUILLE...
QUE POUVONS NOUS FAIRE ?

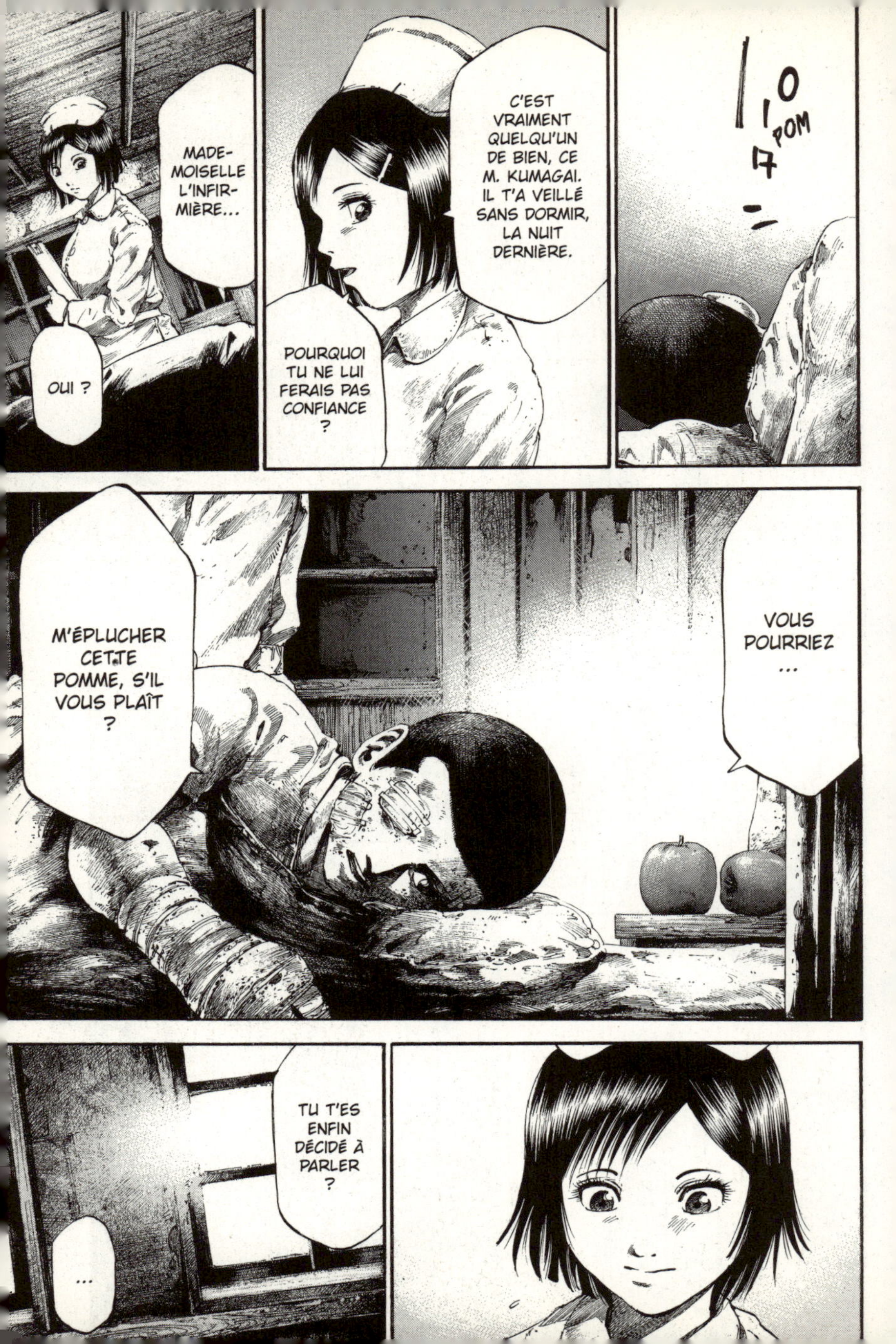
POM
C'EST VRAIMENT QUELQU'UN DE BIEN, CE M. KUMAGAI. IL T'A VEILLÉ SANS DORMIR, LA NUIT DERNIÈRE.
POURQUOI TU NE LUI FERAIS PAS CONFIANCE ?
MADE-MOISELLE L'INFIR-MIÈRE...
OUI ?
VOUS POURRIEZ...
M'ÉPLUCHER CETTE POMME, S'IL VOUS PLAÎT ?
TU T'ES ENFIN DÉCIDÉ À PARLER ?
...

MAIS SACHE QUE JE N'AI PAS L'INTENTION DE FERMER LES YEUX...
SUR LE TRAITEMENT QU'ISHIHARA INFLIGE À SAKURAGI.
JE NE TE SERAI PEUT-ÊTRE PAS D'UNE GRANDE AIDE...
MAIS IL FAUDRAIT QUE TU ME FASSES CONFIANCE, NE SERAIT-CE QU'UN PEU...
QU'EST CE QUI EST ARRIVÉ À SAKURAGI ?
EUH... RIEN, RIEN... EXCUSEZ-MOI, JE VAIS ALLER SALUER LE DOCTEUR SASAKI.
CRII

CRAC !
ALORS, MINAKAMI, COMMENT ÇA VA ?
AH, BONJOUR MONSIEUR KUMAGAI.
POUR COMMENCER, TU DOIS BIEN TE NOURRIR.
...
HÉ, MARIO, QU'EST-CE QUI TE PREND ? M. KUMAGAI A POURTANT LA GENTILLESSE DE TE RENDRE VISITE...
ÇA NE FAIT RIEN.
JE VOUDRAIS JUSTE QUE TU M'ÉCOUTES, MINAKAMI.
COMME JE SUIS UN GARDIEN, JE COMPRENDS QUE TU ME DÉTESTES...

QU'EST-CE QUE VOUS FOUTEZ LÀ PAR UN FROID PAREIL ?
SHHH
AN-CHAN !!

ATCHOUM !
PUTAIN, MAIS QU'EST-CE QUI SE PASSE À LA FIN ?
MARIO N'EST PLUS LÀ DEPUIS HIER, ET M. KUMAGAI NE SEMBLE PAS DE SERVICE AUJOURD'HUI...
HÉ, ÇA GÈLE TROP. SI ON RENTRAIT ?
JE SUIS SÛR QU'ANCHAN NE METTRA PAS LE PIED DEHORS, À CAUSE DU FROID.
ET MERDE, Y A PAS MOYEN.
KYABETSU, FILE-MOI TES FRINGUES.
T'AURAS PAS FROID AVEC LA GRAISSE QUE TU TRIMBALES.
QU'EST-CE QUE TU RACONTES, SUPPON ?

CRIME 21. Until we rise again

VIIIOUUUU
CRIME 21. Until we rise again
ÇA S'EST RAFRAÎCHI...
PFF
ON EST QUAND MÊME À LA FIN DU MOIS DE NO-VEMBRE.
PFF
PFF
T'AS ENTENDU CE QU'ON RACONTE AU SUJET DU QUARTIER 1 ?
OUAIS, SAKURAGI AURAIT RÉTAMÉ LA GUEULE À TOUS SES COMPAGNONS DE CELLULE.
CLANG
DIS, QU'EST-CE QUE CES TYPES FONT DEHORS PAR CE FROID ?
JE SAIS PAS. MAIS EN TOUT CAS, ÇA FAIT UNE SEMAINE QU'ILS SE PLANTENT LÀ TOUS LES JOURS...
CLANG
JE ME DEMANDE SI ANCHAN NE VIENDRA PAS NON PLUS AUJOUR-D'HUI.
PFF
ON L'A VU NI À L'ATELIER NI À LA CANTINE...
RESTE PLUS QU'ICI...

RAINBOW

SOMMAIRE 3

Isbn : 978-2-84965-729-4

3
SCENARIO
George
ABE
DESSIN
Masasumi
KAKIZAKI
RAINBO